Y TÚ, ¿A DÓNDE VAS?

Y TÚ, ¿A DÓNDE VAS?

Jose

Círculo Rojo
EDITORIAL

Primera edición: Noviembre 2023

Depósito legal: AL 2685-2023

ISBN: 978-84-1199-380-7

Impresión y encuadernación: Editorial Círculo Rojo

© Del texto: Jose
© Maquetación y diseño: Equipo de Editorial Círculo Rojo
Editorial Círculo Rojo

www.editorialcirculorojo.com
info@editorialcirculorojo.com

Impreso en España — Printed in Spain

Prólogo

Para todas aquellas personas que luchan constantemente día tras día convertidas en ave fénix por una mejor calidad de vida, donde con amor todo se mueve y se consigue todo, prevalecen los momentos compartidos y la sencillez de las cosas.

Viajar enriquece cuerpo y alma. Se culturiza y crece cada día más la especie más increíble y grandiosa del planeta: el ser humano.

Posdata:
Lo esencial es invisible a los ojos.

1. LINDA LÍNEA

Málaga, 15 de octubre

Hola, soy Idoia, una malagueña deportista. Me dedico a… muchas cosas. Digamos que soy polifacética. Estudio en la Universidad de Málaga; concretamente, realizo el segundo año de la carrera de Medicina.

Soy una chica divertida, inquieta, inteligente, despistada (hasta una mosca podría distorsionar mi atención), y cómo no, me considero superelegante. Me gusta mucho mi cuerpo de piel morena, ojos verdes, pelo negro liso. Casi siempre llevo diadema y visto con «mono». Me dicen «culo inquieto».

Y esta es mi historia.

—Hola, mi amor. —Se dirigió con un caluroso beso y abrazo a Toby, su mascota, que tanto amor le daba. Sus padres aún estaban dormidos. La verdad que si surgiera un terremoto de segunda escala, ni se enterarían. Al entrar a la habitación, lo agitó con suavidad para evitar que se despertara de un sobresalto.

—Papi, mami, son las dieeez… de la mañana, por cierto. Holi.

Es un día especial. Ambos abrieron los ojos (verdosos los de su padre, azules los de su madre) mientas se estiraban. Poco después, aparecieron los padres y, al llegar a la cocina, se les quedó el cuerpo sorprendido, pues tenían frente a ellos y a escasos metros

11

de la mesa un desayuno adornado, exquisito, para sus 40 años de «vuelta al sol». Sí, ambos cumplían el mismo día. Se besaron mientras ese lugar se convertía en una postal inefable para el recuerdo. Su hija los fotografiaba como si no hubiese un mañana, con un fondo donde se apreciaba un cuadro de Italia, concretamente, Venecia. Fue su lugar de luna de miel hace 15 años. En la mesa acompañaba un «Felicidades, Esther & Martino».

Tras el desayuno descomunal, montaron (casi obligados por su hija) unas maletas pequeñas con su apropiada indumentaria, accesorios, útiles… Mientras, Toby caminaba por casa, inquieto, con ganas de salir a pasear.

Ya estaban listos para entregarse a la sorpresa que le montó Idoia, su hija: disfrutar durante tres días en el Hotel NH de Málaga. Se abrazaron entre lágrimas y muchos besos, como si se marchase durante meses a otro país.

Idoia miró a Toby y rápidamente salieron a la calle. Su mascota le bañó a lametones toda su cara y la palma de la mano mientras Idoia reía a carcajadas (contagiaba tanta felicidad…). Pasearon por calle Larios hasta llegar al Muelle 1, unas de las zonas favoritas de Idoia, una zona que se situaba entre el mar y la ciudad.

Idoia llevaba consigo una cámara de fotos y aprovechó para sacar imágenes de los rincones que hacen grande a esa ciudad.

Tras un largo paseo, regresaban a casa, ya que Idoia quería dedicar tiempo a sus estudios para sus próximos exámenes, así que se puso manos a la obra con Anatomía General, una asignatura extensa, compleja, pero que le gustaba muchísimo, así que estuvo más de cuatro horas y media estudiando.

Al dejarlo para despejarse, se marchó con Toby a dar un paseo hacia la Alcazaba.

Esa misma tarde, mientras fotografiaba la plaza de toros junto con su mar al fondo, edificios, carreteras, plaza La Marina…, sonó el móvil.

—¡Uy, un mensaje de Megan!

Al abrirlo, decía:

—Hola, cuqui. Vente a mi casa a ver una peli esta noche. Mis padres no estarán y podríamos aprovechar y echar unos juegos que ya sabemos.

Idoia respondió:

—¡Por supuesto! Buena idea. ¿Me llevo palomitas, chuches y el parchís?

Con un guiño respondió Megan.

Esa noche irían las *supergirls*: Auxi, Lara, Susan e Idoia a casa de Megan, excepto Paola, ya que vivía con su padre en Ámsterdam.

—Lo vamos a pasar pipa —mencionó Idoia entre risas.

Cada una de ellas llevó alguna comida o bebida para compartir, y de peli habían propuesto *La familia perfecta*, una película de comedia. Indudable era que iban a llorar, pero de la risa.

Cuando vieron la peli, encantadas, volvieron al salón tras ponerse sus pijamas y empezaron sus momentos de terapia de amigas. «Reunión de *psicology*» llamaban a cualquier apoyo emocional que necesitara una de las *supergirls*. Susan aún estaba tímida, pero se adaptó y, con los brazos abiertos, fue bienvenida A las *supergirls*.

Mientras, resurgían las palabras de apoyo hacia Idoia, y es que estaba hasta las trancas por un muchacho y veía que, desde hace un tiempo, por la parte del él no había mucho interés, y esto traía Idoia confusa, indecisa y sin saber cómo reaccionar. En ese instante, se puso a llorar como una magdalena, como si no hubiese un mañana.

Sus amigas la escucharon y le dieron un fuerte abrazo interminable, como solían hacer siempre que a alguna le pasaba algo parecido.

Lara le dijo:

—Idoia, tía, tú vales mucho más, valórate, no te calientes por un tío que ni siquiera se preocupa por ti.

Idoia estaba enamorada y su llanto aumentó, hasta que, después de unos minutos y un trago de agua, se calmó y dijo:

—¡Va, chicas! ¿Salimos de fiesta o qué hacemos?

Idoia era así de loca.

A la mañana siguiente, amanecieron todas juntas en una habitación enorme. Había cuatro camas, materiales de deporte, un póster de grandes dimensiones de la torre Eiffel (parecía que por un momento se transportaba en cuerpo y alma hasta París, rodeado de los corazones andantes y la misma Torre Eiffel luminosa, armoniosa, delante de sus narices). Realmente, era una sensación emocionante.

Al otro lado de la habitación había otro póster de las mismas dimensiones de Florencia con una puesta de sol, donde al fondo se divisaba la catedral de Santa María de Fiore, y con su encanto y resplandor, el Ponte Vecchio dando paso al río Arno, que convertía a la ciudad en una maravilla que visitar.

Todo eso en la mente de Idoia, y en un plisplás se difuminaron todas esas imágenes de ensueño en cuanto sonó el despertador que tenía conectado Megan.

«¿Por qué no?», se preguntó Idoia.

Cuando todas desayunaron, partieron hacia el centro de la ciudad de Málaga, donde se despidieron.

Al llegar a casa, Idoia se puso cómoda, besó a sus padres y a Toby y se encerró en el cuarto para dedicarle horas a sus estudios. Ya estaba más tranquila tras el consejo y la calidez de sus amigas respecto al muchacho.

Tras unas horas de estudios, al conectar el móvil a la red, recibió muchos mensajes, y uno de ellos fue de Samuel, su antiguo profesor de música, que le impartió clase cuando esta tenía 14 años y él 20. Se le puso el corazón a mil. Ese era el chico que le molaba. El mensaje decía:

—Hola, Idoia. ¿Te importa quedar este fin de semana para cenar?

Sin mediar palabra, con la cara acalorada, aceptó la cita. Le envió una dulce atracción con una foto de él enviándole un beso. ¿Sería una corazonada?

Idoia estaba confundida. Samuel la quería.

El sábado, se despertó de la cama, y tras un momento visualizando, con un suspiro, dijo:

—Toby, hoy va a ser un bonito día.

Lo miró, lo besó y le dio un achuchón como si de un peluche se tratara.

Al cabo de unas horas, recibió una llamada. Era Samuel. Idoia fue de las mejores alumnas de su promoción y durante años.

—Uy, ¿qué querrá? —se preguntó Idoia.

Sin más esperas, le devolvió la llamada. Hablaron para quedar y ponerse al día. La verdad que sus palabras suaves le causaban más emoción. Por supuesto, concretaron para quedar al día siguiente en la alcazaba de Málaga y disfrutar de sus espléndidas vistas y de su paseo.

Cuando terminaron de charlar por teléfono móvil, casi le da una taquicardia de lo feliz y nerviosa que estaba, como si le hubiese atacado a la yugular mientras hablaban por el dispositivo.

Samuel era un chico con ojos azules, piel morena, alto, con un físico despampanante y una sonrisa que la volvía loca.

Aquella tarde de otoño, donde se mostraba el vaivén de las hojas, paseaban ambos por la plaza de la Marina al son de sus conversaciones, agarrados de la mano mientras disfrutaban de sus vistas, en armonía, hasta llegar a la alcazaba. Allí, descansaron sentados en un muro de piedra de espalda hacia las vistas del mar.

A Idoia le encantaban las fotografías. Por ello, no dudó en sacar su cámara de fotos, donde hicieron un reportaje espectacular de todos los rincones por los que pasaron: alameda principal, plaza de La Marina, Museo Thyssen, alcazaba, Muelle 1, y en todas y cada unas de las fotos, en primer plano, estaban ellos en llamas.

Samuel, mientras caminaban, le propuso otro nuevo reto a Idoia para llevarlo a cabo juntos. Se trataba de crear un equipo para el conservatorio musical de Málaga. Idoia, sorprendida, lo miró y ambos se fundieron en un abrazo. La chica aceptó haciendo hincapié en que no tendría mucho tiempo para ello, pero a Samuel eso no le importaba, la entendió.

Idoia, superagradecida, empezaría el lunes. Asistiría a las clases y tomaría el primer contacto con los alumnos del conservatorio. Los dos sonreían y dijo Samuel:

—Vamos a hacer historia, bonita. No te prometo nada, solo confía, organízate y verás qué bien.

Y surgió el segundo beso.

Tras la cita, Idoia llegó a casa cansada, pero tocaba sacar a Toby. Se miraban con complicidad. Toby la bañó de lametones de amor sobre su cara mientras su padre preparaba la cena y su madre ordenaba su despacho de casa (es profesora de música en la educación secundaria).

Idoia estaba en casa junto con Toby. Se sentaron para cenar con sus padres mientras charlaban y contaba anécdotas del día al tiempo que degustaban la cena que preparó su padre. Estaban riquísimas tanto la crema de calabacín como la ensalada de entrante. Por otro lado, Toby comía pienso de carne de pollo y verduras.

Al cabo de un buen rato, Idoia se fue a la cama.

—¡Buenas noches, papis!

—Buenas noches, hija.

Se abrazaron mientras Toby esperaba en la puerta del cuarto justo para entrar con ella. Solía dormirse al lado de su cama.

2. REMINISCENCIA

En la facultad de medicina enaltecían el proyecto de las *super-girls* perteneciente a la asignatura de Biología Molecular. Fue un intenso trabajo de meses de esfuerzo, llantos, pocas horas de sueño, pero, ante todo, adaptación y muchas ganas. Y así de increíble fue el resultado: ¡matrícula de honor!

Estaban en segundo año de carrera de Medicina y ya notaban el aumento de nivel, aunque Idoia, en su caso, con su buena organización, sacaba horas e iba al día con sus prioridades. Así se sacó el segundo año. Todo limpio.

A Idoia la apodaban sus amigas «culo inquieto». Realmente, no paraba apenas ni para beber agua. Era una chica con mucha energía.

Pasó un mes de clases en el conservatorio de música con Samuel. Todos los alumnos estaban encantados con ella. El proyecto iba viento en popa y a toda vela.

Dentro de cinco meses se organizaba un concurso a nivel andaluz donde se seleccionarían a los mejores chicos de Andalucía y, *a posteriori*, viajarían por España hacia Valencia para celebrar el Día de la Música. Estaban ilusionados, nerviosos y con fe porque realmente había poderío en esas aulas de Málaga.

En el conservatorio había tres chicos que estaban fichados por grandes ojeadores musicales de España. Ya tenían su grupo de género *pop-rock* llamado Dance in the Sun, y esto hacía crecer más al conservatorio por sus diversos conocimientos y fama.

A Idoia le preocupaba la salud de su abuela Carmen (madre de su madre), que vivía en Tarragona. Le habían diagnosticado demencia senil, y tal y como era esa abuela (inquieta, risueña, trabajadora), no se lo podía imaginar. Sacaba fuerza para vivir los días lo mejor posible, y cada dos por tres hacía una llamada para contactar con su tía Mery, su tío Antonio y sus primas Dulce y Sandra, y con su abuela, aunque con ella estaba poco tiempo una vez que empezaba a irse por los cerros de Úbeda.

Para el verano tenían los padres de Idoia y ella el viaje preparado para visitar y pasar unas semanas por Tarragona. Pero, mientras tanto, estaba concentrada en sus estudios, en el deporte, en el conservatorio, y también en pasar tiempo con sus padres y con Toby.

Eran las 17:00 h de un jueves. Idoia quedó con sus amigas para tomar un café y pasear por la playa de Huelin mientras hablaban de futuros viajes que tenían en mente. Uno de ello era viajar a Tenerife para acompañar a su primo Guillermo, que tocaba con su grupo, Dance in the Sun y, cómo no, el profesor, su amado Samuel.

Mientras, Lara y Auxi irían al festival musical que se celebraba en el auditorio de Málaga.

Pasaron una tarde apasionante, donde Idoia se sacó un as bajo la manga y empezó a tocar la guitarra. Junto con su peculiar y dulce voz, empezó a cantar *Ha nacido una estrella*. Se sumaron Auxi, Lara y Megan que, con alguna piedra y tronquitos de madera que había en la playa, improvisaron unos instrumentos. Al mismo tiempo, se acercaba en masa toda persona que paseaba por allí.

Una tarde maravillosa.

Idoia y Samuel estaban muy unidos y enamorados. Hacían una pareja llamativa. Tenían la ilusión de viajar y disfrutar de la gira del grupo. La gira sería el 25 de junio. Empieza en Córdoba y finalizaría en Reus.

La mirada azul verdosa que penetraba la cara de Idoia hizo que se despertase con un gran morreo y se alejaron poco a poco enlazados. Se fueron hacia el despacho de Samuel, en la intimidad, donde el gemido de ella acaloraba más el ambiente.

A falta de un mes, ya florecían los nervios. Le tocaba presentar el dosier junto con las *supergirls*. Se trataba de la asignatura Neurología, la cual le encantaba a Idoia.

El dosier estaba finiquitado, solo quedaba esperar y exponerlo ante el profesorado y los alumnos de la facultad de Medicina, ni más ni menos que 3 000 personas. Estaban en los últimos peldaños para finalizar el segundo año de carrera.

Aquella mañana, con mucha ilusión, estando todo a punto de caramelo, Idoia y sus padres hicieron las maletas. Recogió las pertenencias de Toby antes de salir hacia universidad. Esperaba un día duro y emocionalmente atractivo.

Los padres de Idoia se quedaron en casa organizando y limpiando la casa.

Todos estaban encantados con el dosier realizado por las *supergirls*. Los familiares de estos no daban crédito a lo que habían hecho sus hijas. Se encontraban emocionados. ¡Qué orgullo! Pasó la mañana en un plisplás.

Cuando menos lo esperaba, ya había acabado todo. Solo quedaba despedirse de sus amigas, amigos y profesores y montarse en el Mercedes Benz GLS 20 de color rojo entre lágrimas e ilusión por ver la gira del grupo de su primo.

Toby iba tumbado en el asiento trasero en forma de rosca, encima de su cuna color beis. De copiloto iba su padre con sus gafas de sol y vestido con unos vaqueros y una camisa azul entallada. Conduciendo iba su madre, con sus tenis para poder conducir bien, pero en el bolso llevaba unos tacones elegantísimos de color negro, acompañada también por su vestido color rojo, que dejaba visible la espalda, su felpa negra y sus gafas de sol, mientras que Idoia llevaba un vestido color azul, con unos tacones blancos a juego con su felpa del mismo color y unas gafas de sol que llevaba encima de su pelo.

Miraba a Toby y Toby la miraba a ella. Lo acarició mientras él le lamía las manos. Le quedaban horas para llegar a Córdoba. Estaban tomándose un descanso hasta que llegase el almuerzo. Toby ya estaba atendido con su juguete y su comida con su agua en su recipiente. Idoia fotografiaba a sus padres y a Toby, a quien pilló infraganti comiendo.

Olía que alimentaba desde la terraza en la cual esperaban.

Esther y Martino habían pedido salmorejo y filete de pollo con patatas panaderas al horno, mientras que Idoia se pidió de primer plato salmorejo, y de segundo, solomillo a la pimienta con patatas a lo pobre. De postre pidieron los tres macedonia de frutas. ¡Riquísimo! Disfrutaron de su tranquilidad en aquel espacioso lugar.

Tras reposar un poco la comida y el café que se tomaron los padres, partieron en dirección Córdoba mientras escuchaban la canción de *Sopa fría*. Los tres la cantaban… Empezaron a reírse mientras Toby seguía tranquilo, en su mundo.

A Idoia le sonó el móvil. Un wasap. No lo abrió, pero sí que leyó algo de «Próximo concierto… El cantante malagueño… ¡Adivinadlo!…». Idoia rio y ya sabía quién era sin duda. Exclamaron:

—¡Vamos allá!

Compró las entradas, ya que valían 30 € y no estaban tan lejos.

Faltaban 20 kilómetros para llegar a Córdoba, al conservatorio donde tocaría su primo Guille junto con su grupo. ¡El primer concierto fuera de Málaga! Era un orgullo que con 14 años tuviera esa grandeza. Orgullo de familia.

Entraron a la gran sala musical. Acogedora, llamativa y donde estaba el aforo completo.

Todo había empezado con la canción *Blowin' in the Wind*, una genialidad. Tocaron un repertorio enfocado al *pop-rock*. El público estaba locamente entregado y pedía más. Para finalizar, cantaron la canción *Owl City* en una versión *rock*.

Tras el concierto, Idoia guardó la grabación del concierto para la eternidad. Inmediatamente, abrazó a sus padres y después se comió a besos a su primo Guille y a sus compañeros de grupo por su gran actuación.

—¡Tú sí que vales! —se dirigió al grupo, emocionada.

La culo inquieto estaba hambrienta y no esperó más y fue hacia el *catering* que había ofrecido el Ayuntamiento de Córdoba para la ocasión. También había una sala de baile para quienes quisieran seguir disfrutando moviendo el cuerpo. Idoia prefirió parar y disfrutar tranquilamente con los suyos.

Al cabo de unas horas, decidieron ir al hotel que le habían elegido para pasar la noche y allí disfrutaron jugando y viendo fotos del concierto. Los padres de Idoia se fueron a dormir.

Idoia se quedó hablando con Samuel por videollamada. Se echaban de menos, pero no quedaba apenas tiempo para el concierto del conservatorio de Málaga. Estaba a la vuelta de la esquina, y aquí sí iban los dos juntos como profesores.

3. ESENCIAL

Un viaje de vuelta fenomenal, y todo pareció volátil e intenso. Si es que lo bueno pasa muy rápido. Iban en el coche cantando la canción de El Canto del Loco titulada *Besos*. Ya circulaban por la ciudad malagueña.

Idoia avisó a Samuel por llamada de su llegada a la ciudad sana y a salvo.

Ahora solo quedaba empezar el tercer año de carrera, que estaba a punto de finiquitar, ¡y ya estaban deseando pasar a cuarto! También quedaban viajes, conciertos, la visita a su abuela… Esperaba un verano intenso y movidito.

Eran las 21:00 h y estaban en la terraza a punto de cenar, acompañados por una noche placentera y primaveral. Pasaba una suave brisa, pero de clima encomiable. No tardaron en irse a descansar a la cama.

A la mañana siguiente, era el cumple de Auxi, 27 de junio. «¡Felicidades, Auxi!». El grupo de WhatsApp retumbó unas veinte veces lleno de felicitaciones para ella. Había que celebrarlo. ¡Bienvenida a los 23 años!

Por la mañana fue a reservar mesa y una tarta de su sabor favorito para la tarde-noche en el restaurante para celebrarlo, todo esto a modo sorpresa. Idoia y Megan se encargaron de eso; mientras, Susan y Lara se encargaron de comprar piñatas y chuches. También asistirían su amigo Samuel, José, los padres de Auxi, Rebeca y Gonzalo, y cómo no, sus mascotas: Ted, el perro de Lara, y Toby, el de Idoia.

Todo estaba organizado de tal manera que Auxi no sospechó nada. Al llegar la tarde, decidieron distraer a Auxi por un paseo por la playa mientras los demás invitados se acomodaban en el restaurante. Con ella estaba Idoia, ya que ella tenía palique para rato y así la distraería sin que sospechara. Al cabo de veinte minutos, Idoia recibió el aviso de Lara de que estaba todo listo para la sorpresa, así que decidió llevar a Auxi al restaurante para merendar, la cual aceptó.

Al llegar, se quedó boquiabierta, como si le hubiese caído un jarro de hielo por encima, con los ojos llenándose de lágrimas de emoción mientras se escuchaba la típica canción de cumpleaños…

Era un ambiente lleno de sorpresas, en el que Auxi debía pasar unas series de pruebas… «Circuito de cumple». Se bañaba en chuches y regalos cada vez que abría una caja. Una de ellas contenía una entrada para ver el fútbol en la Rosaleda: Málaga C. F. *vs.* Real Betis. ¡Empezaba la fiesta! Hasta la madrugada, cuando, llegada las 04:00 h, decidieron irse de copas a Los Álamos (Torremolinos).

Así eran las *supergirls*. Casi todo eran imprevistos.

Allí, entre la multitud, Idoia y Samuel se besaron con la mirada y pocos segundos después se enlazaron cuerpo a cuerpo y boca con boca. Se aislaron de aquella situación, donde no cabía ni un alfiler.

Entre gemidos, mientras la temperatura iba en aumento, disfrutaron de otra noche apasionada e intensa entre ambos.

—Uf —suspiraron Idoia y Samuel tras la descarga apasionada. Acaloraron la sala.

Ambos se fueron para la ducha y allí compartieron otro momento de explosión de placer entre ambas almas desnudas, donde no cupo más armonía, ya que rebosaban de ella y de un fuego descomunal… Más gemidos, placeres… Era parte de la vida, y realmente ambos compartían los más íntimos detalles de cada uno.

A la mañana siguiente, amanecieron en postura de cucharita en una enorme cama; no recordaron cómo llegaron allí. Bueno, Samuel sí, pero no quiso decirle hasta dentro de un rato, cuando se lo comentó al detalle. Idoia no recordaba nada de cómo llegaron a ese hotel de Torremolinos a pie de playa. Esa misma mañana, desayunaron unos bocatas catalanes con un zumo de naranja en un pequeño bar que había en la esquina de la misma calle del hotel. ¡Estaba riquísimo!

Fueron a pasear a la playa, por la orilla. Allí estaban las demás chicas y José, que habían pasado la noche en la arena tumbadas.

Al encontrarse, les gritaron:

—¡Guau, aquí hay tomate! —dijo Auxi. Todos empezaron a reírse mientras que a Samuel se le puso la cara como a un tomate Cherry y a Idoia el corazón a mil por hora sin poder hablar. «¿Taquicardia…?», pensó mientras posaba la palma de la mano en el pecho.

Empezaron a contar lo genial que fue el cumpleaños de Auxi, que, al parecer, también había encontrado el flechazo y esa noche la aprovechó al máximo: tenía el cuello lleno de besos locos de José.

Tras estar un buen rato, decidieron regresar a la ciudad malagueña. Había sido un fin de semana como la mayoría de los que tenían: intensos, inolvidables…

Estaba a final de mes y ya quedaba muy poco para el viaje musical del conservatorio de Málaga: dos semanas. Los nervios empezaron a aflorar. El evento se celebraría en Toledo, donde competían entre varios conservatorios de España. Buscaban dar aún más prestigio al mundo fascinante de la música. Porque la música es vida. ¿O no?

A Idoia se le vinieron muchos momentos de cuando estaba como alumna en el conservatorio, cuando empezó a tocar el saxofón y la guitarra eléctrica. Fue unas de las alumnas más galardonadas y de prestigio según profesores de distintas ciudades de España.

Idoia estaba sentada en una silla intentando relajar a los chicos; mientras, su amado Samuel se organizaba en el camerino con compañeros profesores que habían asistido al encuentro.

Faltaba media hora para que comenzase el gran evento musical, donde ya no cabía ni un alfiler. Era un público entregado y entusiasmado, con ganas de disfrutar de los grandes talentos.

Pero Málaga tenía algo muy diferente y especial. Tenía el listón alto gracias a su buena reputación. Tras más de dos horas de espectáculo, todos salieron emocionados, llenos de placer. Los chicos se sintieron arropados por todo el público (como si de su casa se tratase).

Los premios se entregarían después de que los ojeadores y jurados decidieran. Realmente, estuvo muy disputado y hasta les creó un quebradero de cabeza.

El público, impaciente; el profesorado y los alumnos, más aún. Había premios para todos. Eso sí, el primer premio y el segundo consistían en una recompensa económica y dos materiales instrumentales.

Idoia se mordía el labio inferior. Se agarraba a las manos de Samuel y a las de una de sus alumnas que, estaba inquieta.

Todos saltaron de emoción, incrédulos. Se abrazaron al escuchar que Málaga era seleccionada como ganadora del concierto. La ciudad del arte y de los carnavales… Todos lloraron y fueron aplaudidos por la multitud que allí se encontraba. Realmente, le venían muy bien los premios para reformar y agrandar el salón de actuaciones, y así, cuando recibieron el premio, se lo dedicaron a todos los que asistieron, a ese espléndido público y a todo los organizadores que hicieron este momento posible. No se olvidaron de las instituciones de Málaga, que tanto ayudaron.

—¡Os amo! —Así se despidió Idoia, acompañada de Samuel.

Después, se fueron a festejar, junto con el premio, al hotel San Joan, donde reservaron estancia para dos días y dos noches. Había piscina climatizada, zona de juegos tradicionales, guateque, baile moderno, discoteca, barra libre… Allí se encontraron con una gran boda, donde movían sus cuerpos al ritmo de la música de *Hasta que salga el sol…*

Los chicos, Idoia y Samuel estaban en su salsa. Se hicieron fotos todo juntos.

—¡Campeoneees! —se les oía gritar.

Lunes, día 24 de julio de 2008

Estaban en la playa jugando al mate tradicional, juego que consistía en formar dos equipos, dividir un campo en dos zonas y con la pelota tenían que darle a la persona sin que esta cogiera la pelota. Por el contrario, sería matada e iría a la zona del fondo del otro campo, que también podía participar para matar a su adversario. Así pasaron la mañana hasta llegar el mediodía y fueron a asearse y a almorzar en su último día en el hotel.

Por la tarde, recogieron sus maletas y partieron para Málaga. Largo viaje los esperaba en el autobús.

4. CAMBIO DE AIRES

Bienvenido a agosto. Idoia recibió un mensaje: «¡Próximo viaje: Ámsterdam!». Era Lara, la promotora de sus viajes… Tenía muchas ganas de visitar a su amiga Paola y a su padre Ronald. Idoia tenía plan de buscar un trabajo para seguir invirtiendo en sus proyectos de estudios.

El día 5 de agosto partieron hacia la ciudad tulipán. Allí, en el AVE, las cinco chicas contemplaban el paisaje, veían pelis y charlaban mientras otras se echaban una siesta.

Al llegar a la estación, las esperaban Paola y su padre Ronald. Se abrazaron durante segundos, ya que llevaban sin verse dos años y medio debido a la pandemia.

Una vez instaurada en casa de Paola, decidieron salir a pasear y, de guía, Ronald, quien las llevó a la zona más concurrida de la ciudad.

Era una pasada porque el ochenta por ciento iba en bicicleta. Había un ambiente denso, pero muy ordenado y tranquilo.

Idoia dijo:

—¡España debería aprender de esto!

Con la ayuda de Ronald, Idoia encontró trabajo de camarera en un restaurante, OIKOS, donde todos eran de Países Bajos salvo uno, que era inglés, y una española, que llevaba allí seis años viviendo.

Empezaría a trabajar ese mismo fin de semana. Idoia estaba más feliz.

El jefe, que se llamaba Van de Meyer, estaba sorprendido y muy contento tras ver a Idoia con tanta soltura y alegría al atender a los comensales.

Era unos de los restaurantes más conocidos de Ámsterdam. Tenía dos plantas; la segunda, formada por una terraza desde la cual se divisaba un gran lago y el edificio Begijnhof. Un lugar fotográfico, y eso a Idoia le encantaba.

Tras su jornada laboral de 8 horas, regresó a casa, donde decidieron celebrar el cumple de Paola a la mañana siguiente y festejarlo durante todo el día. Paola no estaba casa. Ronald había comprado carne, cervezas…

—¡Uy, cervezas!

Se miraron las chicas. Idoia se relamió los labios. Le encantaba.

Las chicas fueron a comprar decorados para el cumple y muchas chuches, ya que a Paola también le gustaban, y una tarta de sabor a turrón que le chiflaba.

Llegó el día: 9 de agosto. ¡Feliz cumpleaños! *Gefeliciterd!* Así se escribía en neerlandés. Paola estaba anonadada.

Allí no faltaba nada: Thor, la mascota de Paola, estaba encantado; para él también hubo regalos. Hicieron un gran desayuno en la terraza con un clima de verano, pero ahí entonces no hacía calor. Unas tostas de pan integral con varias opciones: aceite de oliva, paté con aromas a tomillo, embutidos como jamón cocido, jamón serrano; por otro lado, estaban las jarras de zumo de naranja, sobres de café y descafeinado y la leche semidesnatada.

A los pocos minutos de pasar las 09:00 h, llegaron los tíos y su primo de 7 años, Leonardo. Sin esperarlo, Paola lo cogió en brazo y le hizo lo que a él le gustaba: cosquillas. Mientras jugaban, sus tíos charlaban en la sobremesa.

—Ah, mirad, tíos, os presento a mis amigas Auxi, Megan, Lara, Susan e Idoia. Nos conocemos desde pequeñas. Chicas, os presento a Mario y a Marian, mis tíos.

—Encantados —dijeron con placer sus tíos.

—Encantadas. —Sonrieron las *supergirls*.

Siguió la charla mientras cada uno se iba sirviendo su desayuno. Al mismo tiempo, Paola servía la comida a Thor, un Border Collie.

Ya estaban todos sentados alrededor de la mesa desayunando entre charlas, risas, chistes…, hasta que llegó el momento de ofrecerle la tarta de turrón, que tenía una pinta descomunal. Todo entre palmadas al ritmo de la canción *Cumpleaños feliz*.

Paola cumplía 23 años. Era una joven guapísima, con ojos azules, pelo rubio, de estatura media alta, trabajadora, un poco tímida y muy exigente con sus responsabilidades.

Estaban en el restaurante donde trabajaba Idoia. Ese día descansaba, por ello, pudo celebrar el cumple de su amiga Paola. Comían a la carta, donde todo estaba para repetir, hasta un camarero que le hacía tilín a Paola. Sería la guinda del pastel en su día de nacimiento.

Eran las 23:00 h y estaban las *supergirls* festejando en un *pub* de copas. Bebían, bailaban *Danza Kuduro*… Poco después, pusieron la música de *Cumpleaños feliz* en neerlandés, donde parte de los comensales que estaban en el *pub* se unieron para cantársela a Paola. Al fondo de la barra estaba el chico camarero que le hacía tilín. No le quitaba mirada; él tampoco. Al poco tiempo, se acercó el chico a las *supergirls* y con disimulo se fue para Paola. Brindaron y la besó en las mejillas por su cumpleaños. Paola no sabía dónde meterse, pero aguantó la compostura y sonrió. Se compartieron sus números de teléfono móvil.

Idoia la miraba y la guiñaba. Solo con eso se lo decía todo.

Mientras, seguían jugando al billar. Ganaba el equipo compuesto por Idoia, Megan y Auxi, que jugaba contra el de Susan y Lara. Paola se fue con el chico. Así, pasaron las 05:00 h y decidieron volver a casa de Paola. Esta tenía un colocón de mil demonios. Aunque ya se le había pasado algo, respondía a situaciones simples.

Una vez llegaron a casa, tuvo que abrir la puerta Idoia, ya que a Paola le fallaba la puntería. Una vez dentro en casa, Megan acompañó a Paola a la cama, le quitó los zapatos, le puso su pijama y la acostó. Se despidió con un beso en los labios. Las demás chicas se acostaban en las camas que les prepararon en su momento Paola y Ronald.

A la mañana siguiente, se levantaron y Ronald invitó a las chicas a visitar Ámsterdam. Fueron al lugar donde servían un café ecológico; además, ofrecen unas cervezas exquisitas y una comida vegetariana llamado *De Ceuvel*. Cogieron una bicicleta en Discoint Bike, un lugar muy económico, donde durante todo el día se puede circular con bicicleta, así que visitaron Noordermarkt, la biblioteca Cuypers, Floor Rooftop y, por último, Coffee District.

Volvieron a casa cansados. Echaron a suertes a quién le tocaba preparar la cena y…, con suspense, le tocó a Idoia.

Se puso su música de fondo, se recogió el pelo, se colocó el delantal, se lavó las manos y se dispuso a ello. Preparó filete de pollo con verduras asadas y patatas *kenells* gratinadas con queso.

—¡Um! —exclamaron las chicas.

Ronald le dio un beso en la frente y le dijo:

—Eres auténtica, se te da muy bien, ¡eh!

Idoia, sonriente, lo agradeció lanzando besos y dando abrazos, incluso dando un trocito a la mascota de Paola, a quien, por cierto, no le duró ni tres segundos en la boca.

—*Bon apetit* —mencionó Idoia. «Igualmente», respondieron.

A la mañana siguiente tenían que madrugar Paola e Idoia para ir a trabajar, mientras que las demás chicas se organizaron para circular en bici por la ciudad. Ronald se quedaría, por lo pronto, cuidando el huerto que tenía detrás de casa y luego limpiaría la casa.

Un wasap. Era Samuel para desearle buenas a Idoia y, sin más, le envió un detalle: que la amaba.

—Yo a ti también, cariño.

—¿Cómo has pasado tu día?

Idoia respondió con un audio.

—Estupendo, de visita, conociendo las maravillas que hay por aquí en Ámsterdam. —Le dijo—: Tenemos que venir tú y yo.

Samuel, riéndose, respondió:

—No tardaremos mucho en ir y probar esos cafés ecológicos y disfrutar de los paisajes de clima templado. Buenas noches, preciosa; mañana trabajo desde muy temprano.

Idoia le lanzó un beso y se marchó con un feliz descanso.

—*I love you.* —Coincidieron en las palabras y, entre risas, siguieron lanzándose besos hasta despedirse.

Eran las 06:30 h cuando sonó el despertador. Idoia y Paola se levantaron con mucha pereza. Se fueron a los baños que había justo al salir de su cuarto para prepararse.

Paola preparó los cafés para las dos. Se los tomaron para activarse con vistas al trabajo y partieron en busca del restaurante. Paola trabajaba de camarera, al igual que Idoia. Ese día, al menos, iban a estar de compañeras hasta en la sopa, como se solía decir en España. Paola, al escuchar eso, se echó a reír, ya que hacía mucho tiempo que no escuchaba ese dicho.

Estaban teniendo muchísimos comensales, ya que los trabajadores se pasaban por allí para comer, tomar café… Se acercó una familia para celebrar un cumpleaños, un día donde pasaron las horas rápidas e intensas y con muy poco descanso. Muchos doblajes de mesa y mucha propina. Realmente, los comensales eran muy generosos, además de que la atención era muy llamativa por su cercanía, dulzura, alegría.

Después de las 9 horas y 30 minutos de trabajo, las dos chicas se fueron a pasear a Vondelpark, el parque más famoso y prestigioso de Ámsterdam y de Países Bajos, digno para disfrutar de su flora y fauna, donde se puede realizar deporte en bicicleta, y puedes relajarte gracias a su silencio acogedor.

Idoia fotografiaba el esplendoroso lugar y se lo mandó a su amado. Samuel le envió un corazón donde le dijo que le apetecía más aún viajar a Ámsterdam. Idoia sonrió y con los brazos abiertos en forma de emoji le mandó un audio:

—Para el verano siguiente lo hacemos.

Estando allí, Idoia compró cafés ecológicos, postales de los rincones de la Tierra y un tulipán para llevárselo. Ya le quedaban cuatro días para regresar a Málaga la bella y quería aprovechar más aún el tiempo. Fueron cuatro días intensos en emociones y de trabajo doblando horas; eso sí, pagadas como extra, ya que se celebraba Pluk De Nacht (festival de cine al aire libre) y la cantidad de gente era inconmensurable.

Llegó el último día de estar en Ámsterdam. «¡Ooooh!», se lamentaron… Idoia y Paola, junto con sus amigas, disfrutaron de la ciudad montando en bici. Fueron al parque a disfrutar del día con unos pícnics que degustaron bajo la copa de un árbol que les prestaba sombra y placer. Al fondo, periquitos, loros posando en las ramas y en el lago, patos, ranas… Multiplicaban la maravilla del entorno.

Mientras tanto, Ronald, su hermana Marian y su cuñado Mario preparaban una fiesta de despedida a las *supergirls*. Paola sabía todo lo planeado, sin embargo, sus amigas no tenían ni idea de lo que se encontrarían al llegar a casa. Eran las cinco de la tarde y ya regresaban en bici para la casa donde vivía Paola, aunque como si fuera de todas. Era como de la familia.

Al abrir la puerta, todas se quedaron boquiabiertas, con la mano en la cara, y otras se dieron media vuelta, incrédulas y avergonzadas; este era el caso de Idoia. Rara vez actuaba así ante cualquier sorpresa. Había aperitivos, sándwiches, cervezas, patés de queso, jamón cocido… Una noche para enmarcar. Allí estaban unas compañeras y amigas de Paola, Merche y Sandy, que cursaban juntas la carrera de Psicología. También estaba aquel camarero, Henry van Gal.

—Holi. Os presento a Sandy y Merche.

—¡Encantadas! —dijeron mientras se besaban—. Nosotros somos Auxi, Lara, Megan, Susan e Idoia. Nos apodamos las *supergirls*.

Sonrieron Merche y Sandy.

—*Curious! Very good!*

—*Nice to meet you.*

Todas brindaron por la fiesta que prepararon Ronald, su hermana y Mario.

—¡Bravísimo por vosotros!

Seguía la fiesta. Al fondo de la terraza colgaba una foto de familia de todas ellas junto con Paola y su perro Thor. Lo miraron emocionadas.

En una esquina estaba el parador donde Idoia se fue en busca de otra birra y brindó de nuevo con todos.

—¡Yuju! *Let's go!*

Paola no le quitaba ojo y se fue en busca de Henry. Se metieron para dentro de casa y los perdieron de vista; las chicas sonrieron mientras se miraban. Mientras, siguieron con el baile entre charla y charla y conociendo a las amigas de Paola y a las *supergirls*. Desde la planta superior se escuchaba que la pareja estaba en el rollo placentero, donde caldeaban el ambiente de la habitación.

Idoia subió el volumen de la música para disimular tal ruido y que a la familia de Paola no le diera por subir y pillarlos infraganti.

Eran pasadas las once de la noche. El ambiente estaba ya más calmado. Paola, con el pelo suelto, un poco alborotado. Henry no tenía la corbata puesta. Idoia estaba casi afónica y sin zapatos, ya que tenía los pies cansados de los tacones. Las demás estaban más presentables, pero ahí daba un poco igual, ya que todos estaban con sueño.

Poco después, ya se iban preparando p Ronald, Marian y Mario hacia sus habitaciones. Mientras, las chicas y Henry se quedaron hasta un poco más tarde. Idoia habló con sus padres y después con Samuel, «su moreno». Después, se tumbó en la cama y, tal cual, se quedó dormida.

5. SÍGUEME SI LO DESEAS

5 de septiembre

Estaba en cuarto de carrera.

Idoia y sus amigas habían cogido el AVE y ya iban de vuelta para Málaga.

¡Uf, unas vacaciones inolvidables! Las chicas se hicieron unos cuantos selfis. Se los enviaron a Paola para que viera que iban genial.

Idoia puso una serie para pasar el tiempo. Se llamaba *Merlí*. Es una serie de pura filosofía. Las demás se animaron a verla, salvo Lara, que se quedó dormida en el sillón del AVE, que iba en ese momento a 300 km/h.

«Lo esencial es invisible a los ojos». Por eso, Idoia y Samuel no estaban tan pegados a los móviles para controlar dónde estaban y qué hacían… Un verdadero amor, libre de honestidad y respeto. Como también lo hicieron sus padres, aunque le costó más adaptarse a esa forma de vivir.

Solo hablaban por las noches y al mediodía alguna vez que otra, pero, con su pareja, todas las noches.

Las familias de las *supergirls* esperaban en la estación María Zambrano de Málaga con Toby y Ted, el perro de Lara. Llegarían sobre las 13:20 h, una hora buena para ir después a comer en familia.

A Idoia se le caían unas lágrimas mientras intentaba disimular mirando por la ventana.

—Eh, culo inquieto, te has emocionado —dijo Auxi mientras le daba un abrazo y un beso en la mejilla.

—Tía, que me he emocionadooo… Vaya tela con la serie.

Susan pensaba que se había emocionado porque dejaba atrás a sus amigas y todo lo vivido…

Lara dijo:

—Anda ya, Susan, esta no se ha emocionado ni se pone como un flan por eso, ¡se pone alegre de haberlo vivido!

—La serie es que tiene su parte emotiva… —mencionó Megan. Todas se cogieron las manos y se apretaron—. Vamos, que ya queda menos para llegar a nuestra tierra.

—Ay, me estará esperando mi perri —dijo Idoia.

—El mío también —comentó Lara—. Me lo voy a comer a besos. A mis padres también, claro. —Sonrieron todas.

Ya quedaba poco menos de una hora para llegar a Andalucía. Realmente estaban deseando ver a su familia y poder fundirse en abrazos y besos y más besos.

Una vez llegaron a la estación de Málaga, era lo que debía de pasar… Llantos de felicidad, abrazos interminables, besos, y los perros saltando de alegría y dando lametones en las mejillas de, en este caso, Idoia y Lara. Una vez juntos, y pasado el encuentro, Idoia llevaba a Toby de su correa. Mientras decidían ir a comer, Lara llevaba a Ted con una correa de dibujitos de huesos y bolitas de chocolate.

Decidieron ir al restaurante de El Palo, a 200 metros de pie de playa.

Eran auténticos turistas. Una vez sentados, empezaron a contar anécdotas y la genialidad de Ámsterdam. La madre de Megan, Rebeca, asentía con la cabeza, ya que en sus años mozos también viajó a Ámsterdam y lo disfrutó muchísimo.

—Sí, sí, pero tú fuiste sin trabajar —mencionó Megan—. Idoia, la pobre, fue a buscarse la vida y a disfrutar…

—¡Sí! Pero disfruté de mi trabajo. Además, tuve la suerte de que estaban Paola y un jefazo, un auténtico neerlandés y unos compis; así, ni tan mal. Por cierto, iremos de viaje a Ámsterdam mi chico y yo. No sé, no me preguntéis, pero vamos a ir.

Ahora quedaba disfrutar con la familia de lo poco que quedaba de vacaciones antes de volver a los estudios. Lo importante ya estaba hecho y este curso había sido de notable-sobresaliente para Idoia y sus amigas.

Así que, con la calma en la que se encontraban, querían disfrutar de Málaga, sus playas, sus rincones y el deporte.

—Y el próximo viaje, ¿adónde vamos? —dijo Idoia entre risas.

—Mmm… —Se quedó pensativa Auxi.

—¡A Almería! —exclamó Lara—. Ya la conocen Susan y Paola, que vendrán para la próxima primavera.

Las demás chicas lo vieron bien, ya que estaba cerquita y Almería es una pasada. No les importaba visitarla de nuevo con tal de enseñársela a sus amigas.

La comida que habían pedido estaba de escándalo. Patatas bravas con calamares y puntillitas al limón, y de carne, codillo en salsa y filete de ternera, junto con sus cervezas y el vino que se pidieron los padres de las chicas.

Después, fueron a pasear por el paseo marítimo de la playa El Palo…

—Y el próximo viaje a… ¡Barcelona! Para visitar La Rambla, el teatro y todos sus rincones, y, si puede ser, el Camp Nou —dijo Megan, ya que era del F. C. Barcelona.

—Idoia, ¿adónde vas? ¡Ni lo sueñes! Al Camp Nou, nanay de la china. Al Camp Nou noooou.

Megan la desafió con la mirada y le guiñó con sonrisa pícara. Idoia le devolvió el guiño.

—Pues… ¡claro! Todo lo que sea disfrutar, allá vamos.

Ambas rieron y brindaron y mientras las demás miraban durante unas milésimas de segundos, se sumaron y brindaron.

—¡Bienvenido a Barcelona! —dijo Idoia mientras los demás se reían moviendo la cabeza de un lado a otro—. ¿Qué? ¿Pasa algo? —preguntó.

—Que estás loca, chica —dijo Martino.

—Ay, papi, déjame, eh.

—aquí estamos todas igual —comentó Auxi.

Susan no paraba de reír. Al mismo tiempo, un amigo le mandaba mensajes al móvil. Era José, también amigo de Idoia.

Se creaba un ambiente familiar cercano y todos reían mientras Auxi se tomaba un trago de cerveza Victoria.

—Y tú, ¿adónde vas? —le preguntó Susan a Idoia—. ¿Qué lugar tienes pensado visitar?

Idoia quería viajar, pero sola ya lo hizo bastantes veces y ahora le apetecía ir con sus amigas o con la familia.

Se quedó pensativa y se encogió de hombros, sin saber adónde ir, aunque sí le gustaría viajar a Edimburgo, la capital de Escocia, una ciudad bastante atractiva para los turistas de todo el mundo. Allí se podía descubrir el palacio de Holyrood, el castillo de Edimburgo, la Royal Mile… y muchos rincones emblemáticos. Además, las *supergirls* sabían inglés.

—Pues mira, me parece guay ese viaje —contestó Lara. Los padres pensaron lo mismo y se lo recomendaron a las chicas.

Idoia, que era la que tomaba iniciativa en casi todo, lo apuntó.

—Ala, anotado en la agenda… ¡sin fecha!

Megan, Susan, Auxi, Lara e Idoia, delante de sus padres, quienes los ayudaron, decidieron señalar la fecha: sería para el próximo verano.

Habían comido y estaban terminándose los postres cuando los padres de las chicas se tenían que marchar. Las *supergirls* se quedaron allí. Poco después, fueron a la playa El Peñón de Cuervo, una playa extensa, aislada de la ciudad, donde había zonas de merenderos, zonas para pasear, para disfrutar de las aguas profundas donde se encuentran muchos granitos (lo que se llama coloquialmente «chinos»). Multitud de gente visitaba ese lugar tan tranquilo.

Allí emprendieron una caminata e hicieron ejercicios de relajación con la ayuda de la tranquilidad absoluta, que iba acompañaba del ruido del mar, de algunas gaviotas y de otras especies que sobrevolaban la zona, y así, durante cuarenta minutos, conectaron con ese complejo turístico malagueño.

Se dirigieron hacia la ciudad para regresar a casa. En el parque Alameda se despidieron todas y cada una cogió su rumbo.

Idoia llevaba música de Spotify conectada en su auricular. Mientras caminaba por calle Larios, escuchaba su música *pop*. Quedaban pocos minutos para llegar a casa. Estaba cansada del viaje, de pasar tanto tiempo fuera de casa sin parar.

Suena el tono de Katy Perry… Era Samuel.

—¡Holi!

—¿Qué pasa, mi reina?

Idoia le comentó cómo pasó el viaje de vuelta, el encuentro con sus padres y la reunión familiar junto con sus amigas.

Samuel tenía muchas ganas de verla y besarla, al igual que Idoia…

El chico estaba trabajando mucho porque se encontraba creando un disco de música *pop* y un vídeo del curso pasado de las clases del conservatorio musical. Además, durante los fines de semana trabajaba de profesor particular en algunos centros educativos de verano. Se podría decir que era otro culo inquieto.

Tras un buen rato hablando entre bromas que solía soltar Samuel y, cuando no, Idoia, se despidieron con muchas ganas de verse al día siguiente.

«Lo esencial es invisible a los ojos». Aunque pasen días, semanas, meses… sin verse dos personas, lo que realmente importa es estar siempre, acordarse, desearle lo mejor al otro y que, cuando se encuentren, se derritan de amor. «El amor verdadero». Así le dijo su madre a Idoia, ya que estaba un poco impaciente y triste.

Idoia estaba muy cansada y se fue a la cama. Cayó con ganas de sentir su cama rodeada de fotos y a su amor, Toby, al su lado, metido en su iglú; echaba en falta ese olor particular. Se sentía en su salsa.

20 de octubre

Un día nublado. «Al mal tiempo, buena cara».

Idoia estaba a punto de empezar la primera clase de quinto de carrera de Medicina, con la misma ilusión de siempre.

Eran 455 alumnos en ese año, una pasada. Ese día fue una locura a hora de la entrada, en la organización, y, además, ya se presentó para hacer tres dosieres hasta el final del curso, que sería en mayo.

Idoia llegó a casa muy ilusionada. Antes de ponerse a almorzar, le mandó un mensaje a su moreno:

—Cari, esta tarde nos vemos… ¿en Muelle Heredia?

Tras 5 minutos, Samuel contestó:

—*Okey*, cari, ¡nos vemos!

Idoia besó a sus padres y a Toby (con achuchón incluido), se fue a asearse, se acomodó, colaboró al poner la mesa y se dispuso a degustar el rico plato que preparó Esther: ensalada mixta y macarrones a la boloñesa. Una comida, la primera, ligera, y la segunda, de muchos carbohidratos; riquísima ambas.

Martino repitió macarrones, como si no hubiese comido ayer.

Idoia se echó la siesta para estar descansada por la tarde. Incluso se pasó de siesta: dos horas de total desconexión, como si no hubiese dormido la noche anterior. Cuando despertó, se lavó la cara, se dejó la melena, se pintó los labios color pastel, se puso los botines medio-altos color negro y salió en su Seat León de color blanco.

Quedaron, y como era de imaginar, pasaron una tarde-noche loca y apasionada en un hostal.

6. CRÉEME, TE AMO

Habían pasado ocho meses desde que Idoia y Samuel empezaran su relación, y todo pasó como el primer día que surgió ese «chispazo».

Tras aquella tarde loca, Samuel, que estaba desayunando con ella, le pidió que se casara con él y que se fueran a vivir juntos. Idoia se quedó estupefacta, no se lo esperaba. La verdad que ella necesitaba tiempo y centrarse en sus estudios, y no estaba para independizarse. No se sentía segura.

Idoia lo quería mucho, pero no quería tomar pasos tan rápidos, pero Samuel tenía miedo de perderla, y si estaban bien, ¿por qué no podría pasar a la alianza?

Pero, a veces el tiempo es bueno para ver las cosas más claras.

Idoia y Samuel, tras el desayuno, fueron a pasear a la zona de Teatinos. La acompañó a la Universidad de Málaga. Allí, se despidieron con un morreo… No sé si hubo lenguas o no, pero los cuerpos iban a más. Iba por el cuello… hasta que Idoia paró con suavidad.

—¡Ey! Que estamos en el coche, recuerda. —Rieron los dos. Samuel sonrió y asintió.

—Sí, es verdad, no nos vamos a pasar de la raya, ja, ja, ja.

Se volvieron a besar hasta que Idoia se despidió y salió del coche. Al mismo tiempo, quería quedarse dentro con él e irse adonde fuera, a seguir con ese momento… Idoia suspiró. Debía acudir a las clases universitarias.

Samuel se marchó en su Ranger Rover de color negro y se despidió con un pitido ligero mientras este vio por el espejo derecho despedirse a su culo inquieto. Iba de «locura» con sus botines medio-altos, un «mono» de color gris, una camisa de rayas azules y, en su pelo largo, una diadema color roja con dibujos de flores. Iba espectacular.

—¡Te quiero! —chilló Idoia cuando Samuel aún no se había alejado tanto. Este lo escuchó y paró el coche, se aparcó a un lado de la carretera; esperaba a Idoia. Cuando llegó donde estaba el coche, Samuel la invitó a que se sentara en el asiento. Idoia sin mediar, puso sus glúteos en el asiento copiloto.

—Llévame donde tú quieras.

Samuel, siendo pacífico y a la vez con ganas de tener otra explosión con su amada, condujo el coche hasta su casa. A Idoia por un momento le pareció que perdía la cabeza, pero deseaba con todas sus ganas abrazarlo, besarlo, acariciarlo y darle todo lo que su cuerpo le pedía.

Ambos se desnudaron en la habitación de Samuel con una música relajante de fondo que solía poner su moreno. Seguían tocándose, acariciándose hasta las zonas más íntimas del cuerpo. Eran pura explosión enlazados en la cama. Todo para ellos.

Se escuchaban los gemidos dulces y apasionados mientras fluía el torrente sanguíneo más ardiente jamás visto. Subían las palpitaciones, las manos se apretaban unas con las otras mientras presenciaba el orgasmo.

—Uf, vaya puta locura.

Idoia se puso encima de él y no dejó escapar ese momento. Le tocaba a ella sentirse más libre y más guerrera. Mientras, Samuel le daba pie para «bailar» y gozar más aún encima de él.

Segundo polvo.

Los dos se quedaron tumbados en la cama. Poco después, se fueron a la ducha. Por ese momento inolvidable se paró el mundo para ellos.

En la ducha se acariciaron y se masajearon mutuamente mientras corría el agua por sus cuerpos que hace minutos estaban en llamas.

Al cabo de un rato, Samuel decidió acompañar a su culo inquieto a la universidad. No podía tampoco perderse el día de clases. Iba de otra forma, más alegre y relajada. Samuel estaba igual, pero debía regresar cuanto antes a su casa para ponerse mano a la obra con su trabajo de discografía. Ya lo tenía casi niquelado.

Al salir de las clases de la universidad, las *supergirls* fueron al McDonald's a comer junto con más compañeros de clase y organizarse allí para los trabajos de la asignatura Medicina general. Los dosieres iban por otra parte. Hicieron un grupo de 6 personas. Allí había 12, con lo cual hicieron dos grupos. Después, dieron un paseo por la laguna de los patos, la zona del Atabal, y pasaron la tarde.

Idoia regresó a casa. Estaba cansada y no le apetecía cenar. Se tomó un yogur semidesnatado de sabor a macedonia, de sus favoritos, se fue a la cama y se puso a hablar con su amado. Ahí empezó a explicarle todo lo sucedido durante el día. Samuel hizo de psicólogo por unos minutos, y es que las relaciones son así, estar para todo. Después, el chico empezó a hacerle bromas y ambos empezaron a reír. Al cabo de un rato, comentaron el futuro viaje a Ámsterdam que tantas ganas tenían de llevar a cabo.

A la mañana siguiente, llamó a la habitación de su hija Idoia, abrió la puerta y le comentó una triste noticia. La abuela Carmen había enfermado, le habían diagnosticado demencia senil. Había un progreso importante en su estado mental, por lo que decidieron poner fecha para viajar a Reus, Tarragona: el 15 de abril, y así a su abuela y a sus tíos, María y Antonio. Mery es la hija de Carmen y la hermana de Esther.

Ese mismo día, Idoia se presentó en la universidad por la mañana para asistir a la clase de Anatomía. Idoia estaba mal de ánimo, estaba preocupada por su abuela, no quería que, cuando se presentara en la casa de su abuela en Reus, no la reconociese, y eso la perturbaba, así que habló con su madre y su padre cuando llegó la noche, mientras cenaban. Sus padres la aconsejaron y la intentaron animar sin quitarle su importancia, pero, hasta que no la viesen, no sabrían valorar su estado.

Solo sabían, por parte de su tía Isabel, que aún recuerda cosas, pero no sabían cómo iba a reaccionar, ya que llevaba muchos meses sin verse, poco más de un año.

Una tarde, Idoia llamó a su tía María, o, como le solía decir, tía Mery.

—Hola, Idoia, ¿cómo estás, reina?

Idoia le dijo que estaba preocupada por el estado de salud de la abuela, quería verla cuanto antes.

—Idoia —la llamó su tía—. Ella se encuentra bien. Le damos su tratamiento, la sacamos a pasear y suele hablar con su amiga Elena. Es una vecina del bloque con la que comparte muchas anécdotas y pasan un rato muy agradable. Está bien la mayor parte del día. Hace los juegos de palabras de un libro, colorea dibujos… El problema es cuando llega la noche, que se altera un poco y hay que darle ansiolíticos.

El día 16 de abril era el cumpleaños de su prima Sandra, hija de María y Antonio. Los padres e Idoia iban en camino junto con Toby para pasar unos días en Tarragona.

Idoia iba ilusionada y esperanzada de que el encuentro fuera como siempre: que su abuela la reconociera, y es que pensó: «Deberíamos viajar más a menudo a visitarla», pero inviable también por el tiempo, estudios… Observaba el paisaje mientras conducía por la carretera de Córdoba. De copiloto iba su padre, y su madre decidió sentarse atrás. Estaba cansada porque tuvo claustro estos días atrás, más la preocupación añadida.

Tenían la ilusión de pasar un finde diferente. Le compraron muchos regalos a Sandra, una chica de 21 años, guapísima, con una piel de seda, morena, ojos negros, pelo negro ondulado. Estudiaba Pedagogía; le encantaban los niños. «Los dos patitos», decía Idoia en referencia a su cumpleaños.

Tras un largo viaje en coche y con una bellísima conductora, llegaron a casa de la abuela Carmen y de sus tíos. El recibimiento fue directo a la abuela, que, inesperadamente, las reconoció. Se fundió en un abrazo interminable, lleno de besos entre ella e Idoia; abrazó asimismo a su hija y a su yerno, al que llamaba Martín en vez de Martino (desde siempre lo llamaba así), nada preocupante.

—Hola, Martín. Un beso, rey. ¿Cómo estás, guayabo? —El humor no lo ha perdido—. ¿De dónde venís? —Un lapsus. No era habitual en ella decir eso…

Idoia le dijo que venían de Málaga y que condujo ella en su coche.

Con cara de incrédula y sorprendida, respondió:

—¿Qué me dices, Ido? —Así la llamaba su iaia. Entre risas, le contestó:

—¡Sí! Así es, hemos tenido buen viaje. —Asintieron sus padres para mayor tranquilidad.

—Estás loca, Ido.

Comenzó la charla entre Esther, su hija, y ella, mientras que Idoia se fue con sus primas, donde se besaron sin límites.

—¡Felicidades, bombón!

Una conversación fluida entre la iaia y la madre de Idoia. Carmen se quedó haciendo costuras en su sillón. Su hija Esther e Isabel fueron a comprar la tarta. Los regalos se guardaron en la despensa para el momento adecuado.

Idoia se fue con Sandra y Dulce a pasear por Reus. Fueron a Gaudí Centre Reus para enseñárselo a su prima Idoia. Acompañaba el clima: templado, soleado y con un poco de brisa, que amainaba el calor.

Cuando Idoia recibió el mensaje de su padre de que estaba todo listo para celebrar el cumple, esta avisó a su prima…

—Sandra, corazón.

—Dime, prima

—Vamos, que me ha avisado mi padre para un recado —le dijo lo primero que se lo ocurrió y partieron para casa. Sandra no se esperaba ni por asomo la sorpresa.

Allí, además de estar sus tíos, sus padres y su abuela alrededor de la mesa del salón, se encontraba su amiga Alicia junto con Nora, que jugaba con Toby.

Sandra se quedó enrojecida de la emoción. No se esperaba esa escena, que se grabaría en su retina para siempre.

—*Felicitats! Felic día!*

—¡Yuhu! —dijo Idoia. Abrió la caja de chuches que había en el parador y las lanzó y, en unos pocos segundos, sonó la canción de *Cumpleaños feliz* en catalán, como era costumbre. Al cabo de unas horas, Alicia se marchó.

La familia Martín Peña salió a festejar a la plaza de Reus, donde cenaron en la terraza, acompañada de una temperatura primaveral, aunque la brisa obligaba a ponerse una rebeca.

La iaia estaba en su salsa. Le gustaba cualquier fiesta para ponerse sus tacones, su vestido verde con su sombrero y su flor en el bolsillo de la chaqueta de vestido. Empezaron a comer *pizzas*, que pidieron para compartir. Mientras, Toby y Nora comían pienso en su comedero portátil, que llevaban Sandra e Idoia.

Todas pidieron Coca-Cola o Fanta, salvo Idoia, que, como siempre, se bebía un quinto o media de cervezas con la comida cuando salía a la calle.

El bar-restaurante era de unos empleados de Marruecos que llegaron a España, precisamente, a Reus, hace 5 años, y fue remontando y progresando en su establecimiento. Se llamaba Rincón de salsa.

Llegaba la noche y regresaron a casa, ya que la iaia necesitaba tomarse su medicación, además de que refrescaba ese viernes de luna creciente. A Idoia le encantaban los fenómenos y ciclos lunares...

Pasaron otro fin de semana inolvidable. Además, con iaia, más bien que un hortelano. Regresaron para Málaga una vez se despidieron con besos y abrazos intensos, aunque a Carmen no le solía gustar dar tantos mimos.

Una vez llegaron tras el viaje a Málaga, Idoia hizo una videollamada para que su abuela y sus tíos viesen que habían llegado sanos y salvos, como se solía decir.

—*Bona tarda*, mi reina.

—*Bona nit*, iaia.

Se despidieron entre risas (a su abuela le hacía gracia por la pronunciación de esa frase) tras una despedida un poco larga (ninguna quería colgar el teléfono móvil).

Idoia cumplía sus 23 años dentro de una semana y lo que no sabía es que su familia, sus amigas y su «moreno» tenían planeado un sorpresón y una gran fiesta.

Viaje a Disneyland París en familia (aunque el viaje sería para las próximas Navidades), un concierto del grupo de Reus (por lo que tendría que viajar un fin de semana para las tierras tarraconenses el día 5 de mayo) y un festín en la casa de campo de su amiga Megan… ¡Una locura! Este último regalo sorpresa se haría ese mismo fin de semana.

¡Semana deseada! Al inicio de esta, las chicas reservaron mesa en un restaurante italiano para 22 personas. La fiesta se celebraría el viernes por la tarde, un día después de su cumple, que cayó en jueves 20 de octubre.

—¡Feliz cumple, culo inquieto! Ya te dejaste los patitos atrás —bromeó Megan.

Una vez allí, pidieron comida de varios países: argentina (empanadas argentinas de ternera y pollo), marroquí (humus de pimiento del piquillo), italiana (el auténtico plato de pasta a la boloñesa) y española (tortilla de patatas, ensalada mixta). ¡Y cervezas y vinos! Después, había música de todo tipo en la terraza de arriba. Desde allí, había unas vistas memorables hacia el mar, las luces de la ciudad al otro lado y el suave vaivén de las olas.

Al día siguiente, fiesta en la casa de campo. ¡Vaya locura de no parar y de bailar! ¡Otro lío, otra explosión de feromonas! Placeres de la vida.

Lunes. Eran las seis de la tarde cuando, al salir de la facultad de Medicina, se encontró a Samuel montado en su coche esperándola. Tocó el claxon para hacerse visible. Se acercó al coche, le dio un beso a su moreno y se montó.

Samuel la llevó a su casa y le enseñó su gran CD terminado. Quedó alucinante. Entonces, con un abrazo y un beso, a partir de ese instante, se perdieron por un momento. Se metieron en la habitación y lo hicieron completamente desnudos. Era un estallido de feromonas que aumentaba la temperatura de aquella habitación.

Justo después, Idoia retomó el asunto de querer compartir con Samuel sus proyectos de vida, de querer irse con él a vivir, pero necesitaba terminar la carrera antes.

—Tranquila, te doy tu tiempo, reina —dijo Samuel.

Poco después, cogieron el coche y acompañó a Idoia a casa. Allí, se despidieron y dejó caer una frase llamativa: «Culo inquieto».

Samuel se quedó mirándola mientras ella iba caminando. Lo volvía loco... Hasta que la perdió de vista al entrar a su portal. Estaba realmente colado, entregado a ella. Lo daría todo...

Samuel suspiró y se marchó a su casa para seguir con su trabajo.

Idoia entró en casa y besó a sus padres y a Toby. Poco después, lo sacó a pasear. Hacía viento y llovía un poco, por lo que llevaba su paraguas en la mochila, que siempre llevaba consigo, donde llevaba materiales de Toby para sus necesidades.

—Y tú, ¿adónde vas? —le preguntó su padre, que llegaba del trabajo.

—Voy a la playa de La Misericordia... por cambiar de aires, y allí estaré tranquila.

Observó el cielo desde la ventana. Se estaba despejando...

—Ah, nada, no llueve, así que podemos estar más tranquilos, Toby.

Se despidieron con un beso en la mejilla. Toby le echó las patas sobre las piernas mientras Martino le acarició la cabeza.

Allí disfrutaron, mientras paseaba por la orilla de la playa, del vaivén de las olas. A Toby le encantaba y empezó a correr; incluso animó a Idoia a perseguirlo. Así estuvieron hasta llegar a los dos kilómetros de playa.

Después, a la vuelta, decidió sentarse en un banco mientras observaba el horizonte. Toby se entretenía con un palo de madera que se encontró.

Idoia miró el teléfono móvil y las *supergirls* decidieron ir un día a la playa y pasar un rato juntas.

7. FUEGOS ARTIFICIALES

Allí había un grupito de muchachos que jugaban al voleibol playa. Mientras, las *supergirls* iban paseando por el paseo marítimo de Pedregalejo hasta acercarse a ellos. Les llamaron la atención, en especial, a Auxi. Los chicos preguntaron:

—Ey, chicas, ¿jugáis?

Idoia y sus amigas se miraron y, entre risas, respondieron:

—¡Vale! Pero…

—Pero ¿qué? —consultó Víctor, unos de los chicos que estaban irresistibles para las *supergirls*.

—No sabemos jugar, o, mejor dicho, no hemos jugado nunca, aunque algo de reglas sabemos… —contestó Idoia.

—No os preocupéis —dijo Álvaro—, ¡os enseñamos!

Se presentaron.

—Un placer.

—¡Encantadas! —afirmaron las chicas.

—Por cierto, somos las *supergirls* —expuso Lara.

—¡Guau! —Se rieron los chicos—. ¡Nos vais a meter una paliza!

Se rieron todos.

—No, no creas, ¡eh! —se mofó Idoia.

Empezaron a hacer el equipo mixto, y, por casualidad, Auxi y Víctor cayeron en el mismo equipo. Los dos se miraban y les brillaban los ojos.

Idoia, en cambio, cayó en el equipo contrario. Jugaron 5 contra 5. El máximo era de 5 jugadores, pero hicieron un apaño: las 5 chicas distribuidas con los otros 5 chicos que había. Álvaro, Víctor, Andreu, Tim y Roberto; este último era el capitán del equipo y estaba en el mismo equipo de Idoia.

Fue un partido disputado por las *supergirls*.

—¡Guau, vaya mate! —le exclamó Víctor a Idoia mientras ella reía. Se chocó con Roberto.

—¡Oh! —Esta vez había sido Lara, que había puntuado seis saques limpios.

—¡Oyeee, tú! —comentó refiriéndose a Lara—. No se te da nada mal.

Parecía que se había dedicado al voleibol toda la vida, aunque cierto es que, desde pequeña, jugaba en los campeonatos comarcales.

Final del partido: ganó el equipo de Idoia 15-13. Un gran partido en el que. mientras jugaban. se acercaban algunos espectadores para ver aquel partidazo *amateur*.

La tarde dejaba paso a la noche. Idoia fue para casa. Sacó a Toby, tras darle un achuchón, a pasear por calle Larios. Eran las 20:30 h.

Una vez en casa, se puso cómoda antes de preparar la cena para sus padres, ya que ese día llegarían tarde porque estaban reunidos en el colegio (reunión de profesorado). Había hecho ensalada de aguacate y unas tortillas francesas con jamón cocido. No se le daba nada mal la cocina. Idoia estaba encantada mientras escuchaba música desde Spotify.

Tras llegar sus padres, se pusieron cómodos. La cena estaba preparada y la mesa, puesta. Alimentaba el olor que desprendían los platos.

Encantados los padres, la besaron mientras Toby le lamía los pies (llevaba chanclas), y eso le hacía cosquillas.

—¡Buen provecho!

Al día siguiente, las *supergirls*, después de las clases y de estudiar, sobre las 16:00 h, fueron junto con los chicos a jugar a voleibol.

Idoia llegaría más tarde porque se encontraba con Samuel en su casa. Tras almorzar en su casa, se fue a acompañarlo a comprar al Día y pasar tiempo juntos.

Se despidieron con un beso interminable y de los que enganchan… Idoia cogió el bus de línea que la dejaba cerca de la playa donde estaban sus amigas.

El partido estaba muy disputado, pero la echaban en falta.

—¡Holi! —saludó Idoia.

—Hola, culo inquieto. —Se rieron los chicos.

—¿Culo inquieeeto? ¿Y eso? ¿De dónde viene? —comentó sorprendido Roberto.

—¡Sííí! Le decimos eso porque no para, además de que tiene unos glúteos hermosos… —la piropeó Auxi, y con guiño incluido.

Se hizo el silencio mientras jugaban y solo se escuchó el golpeo del balón.

—Idoia —dijo Roberto—, vente acá.

Se saludaron con el puño cerrado.

Auxi y Víctor se quedaron hablando tras terminar el partido, mientras que las chicas se fueron yendo.

Idoia se cambiaba de camiseta al tiempo que charlaba con Roberto. Este parecía haberse enamorado de esa chica ya comprometida, algo que, *a priori*, no sabía. Tampoco quería hacérselo saber hasta ver qué pasaría.

Realmente, Idoia era muy atractiva.

Allí estaban los cuatros hablando. Iban ya caminando por el paseo marítimo hasta que Idoia y Auxi se despidieron de esos morenos atractivos, uno con ojos verdosos y Víctor con ojos marrones.

—¡Hasta la vista! —comentó Idoia.

—Hasta luego, bomboncitos —respondió Víctor haciendo más referencia a Auxi.

—Adiós, moreno. —Auxi, enrojecida mientras se dieron unos besos de despedida.

Esta se sentía acalorada y feliz como hacía tiempo que no se sentía. Esa sensación de poder comerle la boca algún día no tan lejano. En cambio, Idoia estaba comprometida y no quería hacerle ilusiones. Prefería respetar a su amado Samuel y esperar hasta ver qué pasaría para actuar.

Idoia se fue a ver a Samuel. Quedaron en un lugar céntrico de la ciudad. Dieron un paseo mientras compartía nuevos proyectos que Samuel tenía sobre el conservatorio musical.

—¡Es flipante! —exclamó emocionada Idoia.

Samuel había organizado múltiples encuentros, veladas…, y la más atractiva para Idoia, la velada para el día de Sant Jordi en Barcelona, para la siguiente primavera. A Idoia le encantaba Barcelona, y más por poder estar cerca de su iaia, a la que amaba con locura.

Pasaron una linda tarde donde compartieron lugares y momentos que vivieron ese día. Sin embargo, a Samuel no le hizo ni pizca de gracia que Idoia, su amada, estuviera charloteando con Roberto, aquel flamante atractivo moreno.

A la mañana siguiente, Idoia, al despertarse, observaba las fotos del álbum que tenía en su estantería mientras permanecía tumbada. Reía y se emocionaba al ver las fotos de sus amigas cuando eran unas pequeñajas, donde los mofletes prevalecían y era lo más llamativo. Tenían 5 años y estaban disfrazadas. Además de lo chulas que eran, se vistieron de chulas con sus gafas de sol… Idoia llevaba un lazo rojo en su coleta que le hizo su madre con todo su amor, su falda vaquera, botines de talla 26. Estaban para comérselas con sus poses naturales y encantadoras.

Al cabo de casi veinte minutos ojeando las fotos, soltó el álbum encima del escritorio y señaló la página donde se quedó. Se aseó, se puso su pantalón vaquero, su camisa de cuadros y sus zapatillas; se coloreó esos labios color rojo (todo escuchando *pop-rock*) y se colocó su bolso para, al cabo de unos minutos, salir con su amigo Toby.

—¡Ey, amor! Vamos —le dijo mientras le daba un achuchón y salía hacia la calle. Toby empezó a mover su cola… Era sinónimo de alegría.

Esa misma mañana había quedado con Auxi y Megan para desayunar en la playa. Idoia llevaba un plátano mientras caminaban las tres, Toby y Ted.

Se pararon en la plaza de la Constitución y se sentaron en un banco. Allí desayunaron sus bocatas con su zumo de naranja, que Idoia compartió.

—¡Vitamina D, chicas!

—Um —añadió Auxi mientras veía la foto de Víctor con su desayuno y un mensaje:

—¡Buenos días, Barbie!

—¡Buenos días, querido amigo!

Ella se echó un selfi con ellas y los preciosos perros y se lo mandó al que le hacía tilín. Le envió la ubicación de donde estaban desayunando. Al cabo de quince minutos, apareció Víctor con su mascota. Era un pastor alemán. Se saludaron ambos.

—Os presento a Maya.

—¡Oh, Maya, preciosa!

Idoia le acarició el lomo con cautela (eso de acercarse como si se conociesen de toda la vida no era factible, por buena vibra que contagiara). Al cabo de un rato de juegos con los perros,

Maya ya era parte del grupo y lamía con disimulo las manos de las chicas. Sería la feromona de chicas que hacía que Maya se sintiera como en casa.

Allí anduvieron toda la mañana caminando por la catedral, la alcazaba y las calles céntricas de la ciudad. Mientras, hablaban y se contaban proyectos de vida…

—¡Próximo viaje! —comentó Idoia—. ¡A Humilladero!

Las demás se quedaron sorprendidas.

—Nunca he estado por aquella zona —mencionaron Auxi y Víctor. Megan asintió y dijo:

—No tengo ni remota idea de dónde está ese pueblo, pero ¡allá iremos!

Se celebraba un festival de música y juegos tradicionales.

Era esa misma semana donde pasarían el fin de semana completo en el pueblo de la comarca de Antequera, a 56,5 kilómetros; eso sí, yendo por la A-45.

Lo compartió Idoia por el grupo de WhatsApp. Irían en una caravana y se irían a acampar a otro pueblo cercano: Mollina, un pequeño pueblo con gente superextravertida, muy humanitaria, sencilla y muchos pequeños comercios que abastecían las necesidades del gentío del pueblo.

Llegó el día. Partieron desde muy temprano para revisar la autocaravana, que sería una furgoneta preparada en autocaravana: ir montando las bicicletas, comidas cargadas en neveras, ropaje estilo *hippie*, sus accesorios personales, radio (aunque esta la llevaba incluida) y, cómo no, buscar sitio para las mascotas, colocar sus ropajes, sus iglús… ¡Cómo disfrutarían de ese viaje!

Allí fueron las *supergirls*, Toby y Ted, salvo Paola, y se sumaron Samuel, Víctor y Maya, su pastora alemana, que a Idoia y a Megan les encantaba.

Conducía Idoia. Le flipaba ir conduciendo esa bicha de color amarillo limón, aunque se notaba el deterioro de este. Lo importante es que, aun cargada de chismes y con mucho peso, el motor se resistía. Circulaba por la A-45 con la canción a tope de ELYELLA con La La Love You: *Que nada nos pare.*

Iban cruzando los montes de Málaga, que los dejaban a mano derecha, mientras circulaban a 90 km/h. Tanto el piloto como el copiloto sentían el aire por las ventanas de la autocaravana: las tenían abiertas. Toby, Ted y Maya estaban tumbadas en su iglú; los demás estaban tomando unas cervezas mientras comían frutos secos. Aún quedaban 40 minutos para llegar al destino: Humilladero.

Habían llegado al destino. Hacía un día primaveral. Aún estaba la carpa vacía. Se encontraban montando la barra de ventas de comidas, bebidas, etc. En el escenario se veía un póster enorme del pueblo de Humilladero mientras sonaba Dire Straits. Tras visualizar el lugar, se fueron a un bazar chino que estaba abierto para comprar chuches y bolsas de patatas. En la caravana se quedaron Idoia y Samuel a solas, y en ese preciso momento los cuerpos empezaron a... Subieron las palpitaciones poco a poco, sellaron los labios, y tras unos minutos, se perdieron entre ellos como si se parara el mundo. Las chicas ya sabían que había otra nueva conexión entre ambos. Los profes de música eran dos corazones ardientes.

—Uf... —Descargaron un suspiro de esos que salen del alma.

Poco después, salieron a ver el atardecer en el paisaje del pequeño pueblo de la comarca de Antequera. Al mismo tiempo, llegaban sus compis de ver el recinto que habían montado los paisanos de Humilladero. El festival empezaba a las 20:00 h. La noche acompañaba.

El grupo al completo estaba sentado en la caravana, de ter-tulia, mientras que Idoia preparaba la mesa para empezar a jugar al *Risk*, un juego que consistía en conquistar zonas del mapa. Otros jugaban al *Monopoly*, y así permanecieron jugan-do hasta llegar el momento de marcharse a la fiesta.

A la carpa ya entraba la multitud, que esperaba en cola antes de abrir la puerta de entrada. Se preveían unas 2 000 personas. Sonaban Owl City, Eminem, David Guetta… Se escuchaban y visualizaban los fuegos artificiales… Se fueron a la barra a pedirse sus bebidas y comida. Idoia y Samuel se compraron unas cervezas con magro y con tomate antes de empezar a bailotear con sus compis de vida. Mientras, con-versaban con Mery, una chica de Mollina que había asistido a la fiesta, ya que le encantaba bailar… Allí estaba con sus amigos. Era una chica superextravertida, creativa, simpática, intensa. Le gustaba vivir a tope todo lo que pudiese. Otro amor de vida.

—¡Encantada! —dijo Idoia. Se besaron.

—Encantado, mucho gusto —se presentó Samuel.

Allí conversaron durante un buen rato hasta que fueron lle-gando sus compis y se conocieron todos.

Se escuchaba la música de Bon Jovi de fondo mientras bai-laban, Idoia seguía hablando y conociendo a Mery y a sus ami-gos. Eran muy cercanos; eso a Idoia le encantaba.

—Hola, venid con nosotras —dijo Idoia.

Asintieron Mery y sus amigos; esta llevaba una copa de Barceló con Fanta de limón en la mano. Allí empezaron a bai-lar al ritmo de la música. *It's my life!*…

Samuel rodeaba a Idoia por la cintura mientras con la otra mano sostenía su Amstel. Víctor estaba con Auxi; eran como lapas, besándose entre la multitud. El estruendo de voces que cantaban y saltaban a la vez dominaba el lugar.

Eran las 06:00 h cuando las *supergirls* junto con Mery iban saliendo de la carpa. Algunas de las chicas se quitaron los tacones, que demasiado habían aguantado de pie ante la inestabilidad que les suponían.

—Tenéis pies de patos —se mofó Samuel.

—Somos *supergirls*, imbécil —respondió Idoia mientras le enviaba un guiño. Todos rieron. Iban con dos copas de más, además de estar cansadas.

Víctor arropaba a Auxi por los hombros mientras ella llevaba su chaqueta puesta. Un gran caballero, sí, señor. Tras una caminata de 10 minutos, que les pareció de media hora hasta llegar a la caravana, suspiraron e Idoia se dejó caer para que Samuel la cogiera en brazos como pudo y la subiera en la caravana. Ahí, él se tumbó junto a ella. A Mery le colocaban una colchoneta para que se quedara con ellos en la falsa caravana. Esta alucinó cuando entró y vio tal esfuerzo y decorado de la bicha. Cada vez que la pisaba, la ponía a alta revolución.

Más tarde, tras un rato de charla mientras jugaban, Idoia y Samuel dormían. Decidieron acomodarse en sus literas y colchonetas. Toby, Ted y Maya estaban enroscados como serpientes en sus iglús en el quinto sueño.

—Hasta mañana —dijo Mery.

—Aquí no se dice eso —bromeó Megan.

—Nada, nada. —Arqueó las cejas Mery—. Lo he pillado…

Rieron todas por lo bajo.

8. PRINCESAS Y PRÍNCIPES

Sábado, 08:00 h

Idoia estaba paseando a la *troupe* de perros mientras se comía una naranja. Los demás estaban dormidos. Entraba claridad por la puerta; la dejó entornada al salir.

Paseando, se encontró a la juventud regresando a sus casas de *lao a lao*, como si la calle principal asfaltada por la que iban fuese una serpentina. Idoia sostenía a la manada mientras les ladraba como señal de defensa. Maya era más tranquila, y menos mal, porque era la más fuerte y grandota.

Pasados unos minutos, dejando atrás al grupo de muchachos y muchachas, se detuvo de golpe al mirar un escaparate. «¡Ostras, qué pasada!». Era un vestido que le entró por el ojo y por más sentidos; pocos segundos después, la enamoró. Lo quería, pero en ese momento ni tenía la cartera encima ni dinero suficiente para ello.

—¡Me encanta! —dijo mirando a los seres de cuatro patas.

Ellos ladraron como si le hubiesen contestado con una afirmación.

—Pondría a Samuel a 1 000 revoluciones.

Era un vestido *sexy*, elegante y de su color preferido. Parecía que estaba para ella. Cogió su móvil y le zampó el *flash* con una buena foto.

—Este no me lo pierdo. —Mientras, sonreía.

Cuando llegó a la furgoneta convertida en caravana, Megan y Auxi estaban despiertas, con el pelo alborotado, mientras se tomaban un zumo.

—¡Buenos días, amores!

—Buenos días, culo inquieto. ¡Si es que no paras! ¿Ya vienes de pasear?

—Sí —afirmó Idoia—, de pasear a la *troupe* canina.

Estos ladraron.

—¡Shhhh!

Intentaron callar o camuflar el ruido, pero hicieron más por su expresión de silencio fuerte. Rieron después. Seguían dormidos. O sea, que, aunque sonara el claxon de un coche repetidamente, no se enterarían de nada.

—Oye, he visto un vestido… Mirad qué preciosidad.

Les enseñó las diferentes fotos desde el móvil. A las chicas, sorprendidas, les encantó, y preguntaron:

—¿Dónde está?

—En una tienda que se encuentra a escasos minutos de aquí. Me lo compraré —afirmó Idoia.

Con sonrisa molona, dijeron lo que Idoia ya sabía.

—Nooo… No penséis demasiado…

Sonrieron todas.

—¿Por qué no? —dijo Lara, que estaba con la antena parabólica puesta.

—¡Eh, tú! —Abrazó Idoia a Lara mientras la besaba.

Se hizo el silencio. Susan, Mery y los chicos aún dormían.

—Bueno…, tal vez, pero no adelantéis acontecimientos, que os veo venir.

—¡Guau! Pero si estáis canela. —Hablaban sentadas a las afueras de la caravana.

—Sí, todo a su momento. Además, tengo que centrarme en mis proyectos de estudio, empezar a currar, y todo llega. Estamos como príncipe y princesa. Así nos tratamos.

Las chicas se miraron las unas a las otras y la abrazaron, haciendo piña de equipazo.

Se escuchó un bostezo: era Samuel, que se había levantado. Cuando Idoia se percató, estaba en calzones, de esos que él se pone de patitas. Eso a ella la ponía, teniendo en cuenta su cuerpo atlético. Se besaron y se saludaron:

—Buenos días, princesa —dijo Samuel.

—Buenos días, príncipe. —Lo abrazó por la espalda para tocarle sus abdominales y llegar al pectoral izquierdo. Otro beso.

—Para, para, que no es el momento.

Idoia, con mirada desafiante y morbosa, lo miró.

—Te como todo, que lo sepas.

Se mantuvo Samuel mientras suspiraba por lo bajini.

Idoia acariciaba a Toby al tiempo que charloteaba con las chicas. Poco a poco, se iban levantado los dormilones que quedaban.

Idoia puso música Owl City. Tenía en Spotify seleccionadas las canciones, además de a otros grandes artistas.

Poco después, partieron a caminar a los campos de alrededor del pequeño pueblo. Yendo de camino, cambiaron de opinión y fueron para Antequera, dispuestos a visitar sus calles, la alcazaba, los dólmenes de Menga, El Torcal de Antequera, la parroquia San Sebastián…, rincones de la misma ciudad.

No faltaron las fotografías por todos los lugares que visitaban. Eran fotos a modo de familia. Los diez plasmados en grandes instantáneas. Un día increíble; nadie había visitado la ciudad antequerana, solo la habían escuchado como lugar que se debía visitar.

—Idoia, hazle una foto a esta flor.

Eran orquídeas, esa flor elegante que representa el amor puro y eterno. Al lado de estas se echaron unas fotos. Después, Idoia y Samuel, como futuro matrimonio, según las *supergirls*. Maravilloso. Fotón.

Estaban en la alcazaba merendándose sus bocatas y a la espalda se veía la ciudad, que tanto ha crecido, de la cual enamoraba su casco, antiguo y moderno.

Eran las 17:40 h cuando decidieron regresar a Málaga. Se despidieron de Mery una vez llegaron a Humilladero.

—¡Eres *supergirl*! —mencionó entusiasmada Idoia.

Mery empezó a reír y la abrazó con un largo achuchón.

—Te quiero.

Idoia, como era de las que se emocionaba con una caricia, no bastaría nada para ello.

—Toma, sécate las lágrimas, culo inquieto. —Le prestó pañuelos Lara.

—Uy, qué tierna —se mofó Samuel.

—Para otras cosas no soy tan… —dejó caer Idoia mirándolo con retintín.

—Uh, ¡vaya ataque! —Como si le estuviese proponiendo tal acto.

Rieron. Idoia pasó por el lado de Samuel y lo desafió con un roce de su pelo en su cara; a la vez, le acariciaba el brazo.

—Te como entero, y lo sabes, como quieras —le susurró cerca del oído.

Samuel la cogió por la cintura, suave y con decisión.

—Cuando quieras, a solas.

Nadie se percató de lo que había sucedido en ese instante picante.

Iban camino a la autovía de Málaga A-45 mientras cantaban *Cualquier otra parte,* de Dorian. Mientras, se escuchaba en la radio, esta conectada también al minialtavoz para que temblara la caravana.

—Ey, ¿le ponemos nombre a la bicha?

—Bicha —se mofó Víctor de Idoia.

—Ja, ja, ja. Qué gracioso. No. Venga, va. No está mal. Pero…, de original, queda… como el culo. La Voyager… —Todos miraron a Idoia mientras esta conducía—. ¿Qué?

—¡Tía, es buenísimo!

—Venga, votamos… La Voyager, Bicha, Bon Dancer, que lo dijo Samuel.

Las opciones eran esas tres. Ganó por mayoría y con suspense La Voyager.

—*Let's go!* Voyager… —abrevió Idoia.

—Esta tía está loca —expresó con cariño Megan.

Idoia miraba por el retrovisor mientras le hacía morritos a Samuel y viceversa desde el sofá-cama.

—Eh, loca de amor, cari —se refirió la culo inquieto a Megan, la rubia de ojos azules como el mar—. Eh, hay atasco allá a los lejos —señaló Idoia.

Todos se acercaron y había un gran atasco. Venía una multitud de ciclistas por el carril contrario, pero estaba cortado por la policía, coches de propagandas… Imprevistos.

Rápidamente, Idoia miró por el retrovisor de la izquierda, luego, por el de la derecha e hizo un cambio de sentido ilegal, pero con toda la fluidez posible. Todos se sorprendieron.

—¡Eh, estás loca! Pero… cómo has podido…

Idoia se reía.

—No os he dicho nada para que os pusieseis más nerviosos.

—No lo dudes —se cachondeó Samuel.

—¿Tú? ¿Nervioso tú? Me parto de la risa. Tú eres más tranquilo que el papa.

La verdad que Samuel era el que sacaba de los apuros a los demás y tranquilizaba a Idoia en muchos momentos, salvo en este.

—¡Ala! Ya está hecho, ahora, a seguir y coger la bifurcación a la derecha y entraremos por el norte.

Mientras circulaban a toda la velocidad posible, sonó el típico sonido que un móvil traía grabado de casa. Era Paola.

—¡Guau, Paola! —exclamaron todos mientras saludaban.

Empezaron a comentar… Paola iba a regresar a Málaga a pasar unas semanas de vacaciones junto con su padre, Ronald.

—¡Bien! —Festejaron con una alzada de manos—. Aquí te esperamos nosotras. Bueno…, aquí, la peña, estamos viajando; fuimos a visitar una ciudad y un pueblo muy guay. Ya vamos de vuelta.

Realmente, Paola, echaba de menos estar con sus chicas y aprovecharía cualquier hueco de su vida para visitar la ciudad malagueña, que le encantaba.

—Paola —la llamó Idoia—, sabes que te puedes quedar en mi casa.

Además, le vendría bien a Toby tener a Thor de compañía unos días; aunque eran machos, se llevaban muy bien. Paola asintió.

—Guay, *pos* ya que me lo has dicho, allá vamos. —Rio Paola.

Pasaron cincuenta minutos. Ya estaban por la ciudad. Iban a dejar la caravana en el garaje de los padres de Lara, coger sus respectivos vehículos y repartirse para sus destinos.

—¡Chao, amores!

—Hasta mañana. Hablamos.

—Hola, princesa, ¿has llegado a casa?

—Sí —contestó Idoia cansada del viaje—. Voy a quedarme dormida en breve, cari, estoy reventada. Tú sabes.

—Sí, hemos tenido un fin de semana de lo lindo.

—Como tú —dejó caer un piropo a su amado.

—Hasta mañana, princesa.

—Hasta mañana, príncipe. —Con un corazón de emoji—. Te amo.

—Y yo a ti.

Parecía un cuento de príncipe azul y princesa doncella. Los dos estaban enamorados hasta los huesos. Habían forjado una gran confianza, y si la cosa siguiera así, ¿quién sabe dentro de unos años? «Bodorrio», pensó Idoia. No quería pensar mucho en ello. Lo importante era el aquí y el ahora.

Mañana de universidad donde Idoia, exhausta, junto con su grupo, enseñó su dosier en proyecto al profe. Este se quedó sorprendido y dijo con certeza:

—Seguid así, vais por buen camino. Además, no os falta tiempo. Diría yo que lo acabaréis antes si no os dormís.

—Gracias, profe Salvador. —Agradecieron sus palabras.

Partieron para sus casas, donde esa misma tarde quedaron para avanzar más en el dosier.

A la noche, quedó con Samuel para hablar en su portal.

Samuel, que era mayor que Idoia, quería casarse con esa mujer morena, atractiva y superextravertida, pero entendía que Idoia no quería eso ahora.

Propusieron un viaje para ir juntos, que ya había debatido con sus amigas. A Idoia le encantaba. Además, sería un viaje diferente: A las tierras parisinas.

9. EL VIAJE

11 de enero. Vísperas navideñas

Se encontraban en el aeropuerto de Málaga para partir a las 07:00 h. Allí estaban ellos solos Idoia y Samuel. Abrazados, con las piernas estiradas encima de la maleta.

Al poco tiempo, sonaba por megafonía:

—Próxima salida, andén 17, Málaga-París, a las 07:00 horas.

Ambos se miraron. A Idoia le brillaban los ojos porque sería un gran sueño cumplido, donde aquel póster de la casa de su amiga tuvo algún punto de inflexión. Se montaron en el avión, se acomodaron y, mientras, su familia se despedía desde el otro lado. A través de los ventanales se enviaban besos y abrazos.

Iban flotando por entre las nubes y los rayos de claridad de un sol que poco a poco abría paso a un gran día. Idoia visualizaba la altura que había alcanzado el avión mientras se cogían de las manos. Veían la serie *La enfermera*, de Netflix.

—Ey, buenos días. —Idoia recibió un mensaje desde el grupo de *supergirls* a través del WhatsApp.

—Holi. Aún estamos por los cielos de España. Tardaremos unas dos horas y media en llegar a París —añadió Idoia.

—Envía fotos… con morritos —bromeó Lara.

—Con morritos y, sobre todo, con los labios de pato que ponía Samuel.

Rieron todas.

Samuel se había quedado dormido. Idoia soltó el móvil, se puso los cascos y siguió viendo la serie.

Al cabo de un tiempo, regresaron al aeropuerto. Un viaje que, según Idoia, fue fugaz, ya que le había cogido el gusto a la serie. Se bajaron y… ¡primera foto! En el aeropuerto Charles de Gaulle.

Desayunaron *croissant* mixto con una taza de café, mientras que Samuel se pidió pitufo con mantequilla y jamón cocido con su taza de café. ¡Un rico desayuno! Aunque eso de desayuno… En el avión habían tomado una taza de infusión con unas galletas. Estaban hambrientos.

Fueron a visitar la torre Eiffel tras soltar las maletas en el hostal St. Christophers Inn Paris Canal.

Una zona supertransitada, aunque a esa hora había espacio para caminar mejor y no tener que ir esquivando a la gente. Había personas de todo el mundo, literalmente. Otras cuantas fotos con muchas posturas diferentes, unas íntimas y otras para compartir con el grupo de sus amigos y su familia.

Pasearon por la plaza de la Concordia. Era la más famosa de la ciudad parisina. Caminaban por la calle Campos Elíseos, donde se presenciaba al fondo el arco del Triunfo. Tenía una longitud de dos kilómetros… Allí fotografiaron las vistas entrañables y enamoradizas mientras se tomaban unas manzanas. A la tarde, tenían evento en Disneyland, lugar donde los más pequeños de la casa e incluso los más adultos disfrutaban de la esencia de la imaginación y la creatividad del gran espectáculo.

Tras tres horas, asombrados, se fueron dirección al hostal que habían reservado desde Málaga para descansar, y allí pasaron la noche. Allí vieron la serie de *La enfermera* mientras cenaban tortilla francesa, tomates Cherry y queso gruyere de guarnición. Después, en la terraza de aquella pequeña, acogedora e iluminada habitación, visualizaba la ciudad donde, a lo lejos, se imponía la catedral de Notre Dame.

En ese pequeño espacio, tan brillante, donde acompañaba la suave brisa con cielo despejado y estrellado, empezaron a jugar a juegos de mesa: al parchís, al *Código secreto* y después a la torre de madera, o así lo llamaba Idoia. Mientras, Samuel reía por ese nombre.

—Ey, moreno, no te rías —dijo con cara deseosa de ganarle la partida.

—¿Jugamos a la torre de madera? —preguntó. Al mismo tiempo, por debajo de la mesa, con sus tacones de punta redonda le dio un pisotón suave en el pie derecho.

—¡Auh! —gritó levemente su moreno.

—A la próxima te «acaricio» esa zona tan débil que tenéis los hombres… con mis manos…

Eso a Samuel le puso, pero se contuvo mientras hacía un movimiento casi de jaque: a punto de tambalearse estuvo la torre.

Al final, ganó Idoia tras un movimiento aún más arriesgado: el lado de la torre se quedaba apenas sin apoyo, y es que cualquier movimiento provocaría el derrumbe.

Idoia se levantó y bailó a su lado mientras festejaba la victoria. Le dio un beso en las mejillas. Samuel la agarró de la cintura y se la llevó hacia las piernas, donde empezaron con sus juegos. Idoia le dio un trago sutil de Barceló caramelo con lima y, tras ello, le comió los labios a su moreno. Samuel entraba en acción quitándose la camisa blanca. Idoia le acariciaba sus pectorales y la espalda. Sonó el teléfono móvil.

—Mierda… —dijo Idoia. Samuel, con cara de atontado, preguntó:

—¿Quién es?

—Mis padres…

Idoia tenía el vestido aún puesto y, por ello, sus padres no tenían por qué sospechar nada, aunque el pelo lo tenía suelto y despeinado.

—Estamos genial, papis. —Era una videollamada en la que enfocó a Samuel; este no tenía puesta ninguna camiseta.

—Hola, Esther, hola, Martino. Buenas noches —saludó cordialmente Samuel.

Idoia se enfocó y empezó a conversar mientras Samuel hablaba con su padre. Así estuvieron un buen rato.

Ya eso de seguir jugando a los juegos de mesa terminó. Al despedirse de sus padres, se tumbaron en la cama y…

A la mañana siguiente, tenían el plan de visitar la catedral de Notre Dame. Estaba ya restaurada, de tal forma que se parecía mucho a como fue construida en primer lugar.

Amanecieron… y Samuel preparó el desayuno de ambos. Desayunaron en la cama cómodamente posicionados, compartiendo bocaditos de tostadas de mermelada de manzana.

Ambos se metieron en la ducha. Rápidamente, se asearon, se vistieron y partieron hacia la catedral para disfrutar del espectáculo.

Fueron en autobús circular, que paseaba por la ciudad. La línea 4 estaba llena de pasajeros.

Idoia y Samuel iban mostrando la bandera de España y Francia, mitad y mitad, pues la madre de Samuel era francesa. Se llamaba Méline.

Al fin llegaron a su destino: el monumento gótico más famoso de toda Francia.

—¡Alucinante! —exclamaron Samuel e Idoia.

Vieron dónde vivían el mítico jorobado de Notre Dame y sus múltiples gárgolas, que impresionaban a todo turista que pasaba por ahí.

Idoia y Samuel consiguieron subir, debido a su buena condición física, los 387 escalones empinados. Desde ahí arriba veían la cúpula y, a través de los ventanales, todo el entorno de la plaza. ¡Una auténtica de obra de arte!

Tras casi dos horas de visita por el interior y el exterior de la catedral, se marcharon con un fotón donde esta salía de fondo.

Fueron a ver el Museo del Louvre, un museo arqueológico lleno de arte. Con una extensión de 210 000 metros cuadrados, dentro se pueden encontrar 487 000 obras, de las cuales 7 000 son pinturas y 380 000 son objetos y antigüedades. Tuvo un punto de inflexión de gran importancia.

Aquí no se podía fotografiar, pero sí desde fuera hacia la fachada, de gran dimensión de longitud y de altura. No duraron en hacerlo.

Idoia estaba cumpliendo unos de sus sueños, y, además, acompañada de la persona que amaba.

Estuvieron varias horas cogiendo apuntes en su libreta de bolsillo que Idoia, como siempre, llevaba encima. Tomaba notas hasta en una servilleta de papel; le encantaba anotar cualquier cosa digna de aprendizaje.

Después, fueron a la torre Eiffel y a pie subieron 674 escalones. La verdad que Idoia acabó rendida, entre risas y maravillada por las vistas tan inimaginables. Samuel le echó una mano para subir los últimos peldaños.

Ambos posaron con una sonrisa y con cara de cansados, y otra foto para inmortalizar el momento.

Eran las 20:20 h. La gran ciudad anocheció, llena de luces y de la multitud que caminaba por todos los rincones. Idoia y

Samuel regresaron a su hostal, donde les esperaban unas *pizzas* con salsa barbacoa y unas cervezas que habían pedido.

Estaban muy cansados, pero, a la vez, alucinados con todo lo que habían disfrutado de la ciudad.

Último día por las tierras francesas. Decidieron ir a comprar, pasar un día más ligero y comprarle algunos detalles a la familia. Siempre gustan.

Regresarían la mañana del lunes a las 06:00 h a España; concretamente, al aeropuerto de Málaga. El último día lo pasaron la mar de tranquilos tomando fotos con la cámara. Mientras, escuchaban a Manolo García, el mítico cantautor y compositor de El Poblenou (Barcelona).

Algunos hacían sus maletas mientras disfrutaban de unas infusiones con unas galletas típicas de Francia hechas con mantequilla.

—¡Um, qué ricas!

Fue la primera vez que probaron unas galletas con tanta jugosidad y tan crujientes. Al morder, se reblandecía como si fuese un bizcocho caladísimo.

10. ALGO INMENSO

Sí, era intenso ese momento en el que ambos regresaron al aeropuerto de Málaga mientras estaban cogidos de la mano y ahí fuera se encontraban toda la familia y las *supergirls* esperándolos. Otro momento inolvidable donde se derritieron entre abrazos y besos.

Lo de Idoia y Samuel ya iba en serio. Estaban comprometidos. Habían compartido sus cuerpos y se habían desnudado emocional y físicamente.

Inmensa era la semana que tenía que pasar Idoia en la universidad. Se despidieron todos en el aeropuerto mientras que Idoia regresaba a casa con sus padres. En casa la esperaba su amor Toby, que, saltando de alegría y llorando, la recibía para que esta le hiciera cosquillas en su panza. Idoia lo besaba.

Tenía una semana llena de trabajos de universidad. Tanto ella como sus amigas debían entregarlos en febrero.

—¡Uf! Qué tela Patología del Sistema Nervioso y Geriatría...

Era una de las asignaturas que menos le gustaban a Idoia, aunque no fuera tan difícil de gestionar y aprender. De esa misma asignatura era el trabajo. Su plato fuerte era Psiquiatría Evolutiva. Le encantaba el tratamiento, el mundo neurológico y las actuaciones del ser humano.

Idoia estaba agobiada en el primer cuatrimestre del cuarto curso, y es que se dejó llevar por las vacaciones. Ahora tenía que ponerse en serio con los trabajos.

Con esfuerzo y disciplina, lo consiguieron. Además, con sobresaliente para todo el grupo.

Llevaba sin ver a Samuel dos semanas. Apenas hablaba con él, solo por las noches antes de irse a dormir. Samuel la entendía, y es que hay momentos en los que se precisa centrarse en lo que de verdad es importante en ese momento, sin dejarse influir para no fallar en los proyectos de uno mismo.

Pasados 17 días, llegado ya febrero…

Idoia había conseguido sacar todo el trabajo junto con sus amigas. Realmente, eran descomunales por la entrega y pasión que ponía en lo que hacían.

Se preparaban para los exámenes.

¡Aprobadas! La mejor nota, un 9,8 en Dermatología. Pero quería recuperar nota para conseguir la matrícula de honor.

Idoia ya respiraba un poco más y podía acudir a las clases del conservatorio musical y practicar deporte. Retomaron el voleibol tras años sin practicar con Víctor (pareja de Auxi), Álvaro, Roberto (que le atraía a Idoia), Andreu y Tim. Jugaron un partidazo en medio de una tarde primaveral, típica en Málaga, sobre todo en la zona de El Palo. La arena estaba suave y fresca, ya que regaron para que la pisada fuera mejor.

Tras un saque de Idoia, cuando el partido iba empate, 4-4, tuvo un mal apoyo con el pie derecho al caer.

—¡Ah! —exclamó llena de dolor.

Inmediatamente, las chicas la rodearon y se acercaron preocupadas por la situación…

Los chicos se aproximaron y Roberto, que era fisioterapeuta, llegó con prudencia mientras le tocaba todo el sóleo y el tobillo. Le preguntaba dónde le dolía.

—¡Au! ¡Ahí!

—Tranquila, puede ser un esguince. ¿Puedes ponerte de pie?

Con la ayuda de Roberto y Megan, se puso en pie, pero no podía apoyar ese pie, que se inflamaba poco a poco. La acompañaron al coche, donde estuvo dándole un masaje durante un buen rato. Parecía que se le aliviaba un poco. Debía reposar con el pie vendado, sin apoyarlo durante una semana, según el diagnóstico de Roberto.

—No me jodas… —se lamentó, preocupada, Idoia.

—Si quieres recuperarte, debes hacerlo así.

Ambos se miraron, mantuvieron la mirada por segundos y sonrieron. Idoia pensó que estaba en una relación y apartó con disimulo la mirada.

—¡Ala, empate! En la próxima quedada nos invitáis a unas cervecitas —comentó Auxi. Los chicos asintieron, y añadió Víctor:

—Y una quedada en la playa…

Las chicas respondieron:

—¿Cuándo?

Idoia reclamó:

—Eh, que yo vengo aunque sea con muletas.

—Vaya, con razón te dicen culo inquieto —bromeó Roberto.

—¡Calla, moreno! —susurró; parece que él lo llegó a escuchar.

Algo parecía fluir entre Idoia y Roberto, su fisioterapeuta.

Las *supergirls* acompañaron a culo inquieto al Hospital Clínico Virgen de la Victoria para cerciorarse de que no hubiese un problema mayor. El dolor iba en aumento según se iba en-friando el cuerpo. Avisaron a su moreno, Samuel.

—Nada, no es nada grave —dijo la médica, que la atendió amablemente. Le indicó estas pautas—: Reposo durante dos semanas, masaje suave para fortalecer la zona y ya debería estar. Además, se te ve en buena condición física.

Samuel, preocupado, al llegar al hospital, abrazó y besó a Idoia.

—¿Estás mejor? —le preguntó Samuel.

—Sí —respondió esta con una sonrisa. Aquella compañía le hizo olvidar ese dolor por un momento.

Samuel la ayudó a reincorporarse y a andar con muletas hasta llegar a su coche. Este, superagradecido, se dirigió a las chicas dándoles las gracias.

—¡De nada, moreno! —contestó Auxi entre risa por todas ellas.

La acompañó hasta su casa, donde sus padres aún no sabían nada. Claro, no era nada grave, para qué preocuparlos.

—Pero… ¿qué ha ocurrido? —inquirió Esther asustada.

—Nada, mami, un golpe con torcedura de tobillo. Es muy leve.

—Ains, hija…

—Mami, me encuentro bien, me han ayudado las chicas y los amigos con los que estábamos jugando. Mi moreno se pasó por el hospital y me trajo a casa con mucho mimo.

Martino, también interesado por el percance, comentó:

—Eso ya mismo está canela. Eso sí, tienes que calentar antes de hacer cualquier movimiento, incluso ponerte tobille-ras… o recaerás.

Suspiró Idoia.

—No me agobiéis, eh… Con tobillera… —Se quedó pen-sativa.

—Lo importante es que no ha sido nada grave —reflexionó Martino.

Idoia añadió:

—Lo importante ha sido toda la muestra de cariño y el gran fisioterapeuta que me he encontrado, que me alivió el dolor. Por cierto, acudiré a él para cuidarme el tobillo y que no se me quede pie de pato.

Rieron los padres y la pareja de esta.

—¿He contado un chiste? —dijo con cara de no entender nada...

—No, cari —respondió Samuel mientras se aguantaba la risa—. Nos ha hecho gracia esa expresión, pero... no se te va a quedar mal.

—Eso espero, y que el fisio moreno me ponga en condiciones.

—¿Quién es ese que tanto mencionas? —la interrogó Samuel.

—Es un chico que conocí jugando al voleibol y que es fisio, y la verdad que no se le da nada mal para quitar contracturas... Se llama Roberto.

—Estupendo, entonces —respondió Samuel—. Si es que tienes suerte hasta para encontrar un fisio antes de tiempo...

Rio Idoia. Le lanzó un guiño con mirada interesada. Este la abrazó.

Los dos estaban en la habitación. Samuel la ayudaba a coger su pijama para irse a la ducha. La asistió hasta que salió de la ducha.

—¡Gracias, amor, por todo!

Samuel le guiñó.

—Nada, cariño.

Se besaron. Este se despidió de Esther y Martino y partió para su casa. Idoia estaba ya preparada para cenar. Había preparado Martino una ensalada de queso blanco y tomates Cherry con filete de pollo.

Al día siguiente, Idoia se levantó con menos dolor y tras un buen tiempo en la ducha, se fue a la cocina y preparó el desayuno de Toby y el suyo propio. Se puso justo en la ventana donde se tomaba la taza de café y las tostadas de tomate triturado y huevo a la plancha. Hacía un día cálido: 18 °C a las 08:00 h.

Idoia tenía clases en la universidad esa misma tarde. Estábamos a 14 de febrero, Día de los Enamorados. Samuel ya tenía organizada la sorpresa para su morena de ojos verdes.

Sábado, 14 de febrero

Mientras, por otro lado, Auxi y Víctor quedaron para cenar el 14 de febrero, y, además, el sábado también se vieron.

—¡Viva el día de los enamorados, viva el amor! —expresó Idoia aún con muletas.

Estaban en el restaurante El Mirador, situado en la zona del Pantano del Chorro, perteneciente al pueblecito pequeño de Ardales, donde, tras un gran almuerzo en el que coincidieron las parejas en el mismo lugar, pero en diferentes mesas, se fotografiaron y se pusieron en marcha, a pie, para visitar los rincones de ese precioso lugar, donde la multitud y la diversidad de nacionalidades daban un sabor intenso y atractivo a aquellas zonas.

—Está de moda el Caminito del Rey —comentó Samuel.

—Oye, ¿y si pedimos cita y visitamos esos acantilados? —propuso Auxi.

Idoia y Víctor se miraron y sonrieron.

—Nosotros tenemos entradas compradas; es más, todos nosotros. Para hoy.

—¿Cómo? —preguntó alucinada Auxi—. Pero… ¡no me lo puedo creer!

Víctor, amablemente, le dio las gracias y le hizo un Bizum, eso que está tanto de moda. Digamos, una transferencia bancaria.

—*Okey*, recibido. —Guiñó como forma de aceptación Idoia. Fue la promotora de todo este gran plan.

Hacía mucho sol, por lo que se echaron crema solar. Las dos parejas se fueron a pasear dirección a La Buitrera, zona desconocida por ellos. Los mismos visitantes de ese lugar les aconsejaron que fuesen.

Tras la caminata y encontrarse allí en la mesetita, alucinaron con las grandes vistas y la cantidad de buitres que aún sobrevolaban el cielo completamente azul, con algunos algodones, como si estuviese pintado en un lienzo.

Allí merendaron frutas y frutos secos y se tumbaron cómodamente para echarse una siesta. Mientras, el viento les hacía pasar un momento agradable, pues aminoraba ese calor que desprendían la tierra y esos cuerpos. Eran las 17:30 h cuando estaban yendo al pueblo para visitar algunos rincones, como el mirador de la ermita El Calvario, el puente la Molina, el castillo de Turón… Todo con la ayuda del coche de Idoia. Evidentemente, también degustaron los dulces típicos de la zona. ¡Fascinante! Además, la gente fue muy cercana y amable. A Idoia y a Auxi les encantó el castillo de Turón.

Eran las 21:00 h. Fueron a visitar al restaurante El Rocayo, una marisquería de deliciosos platos que invitaba a los turistas y paisanos del pueblo a degustar. Allí disfrutaron del ambiente acogedor de la música clásica, que ayudaba a disfrutar de las comidas, y de la amabilidad de la camarera María, que los atendió la mar de bien: con una sonrisa de oreja a oreja, con cercanía, como si de un familiar se tratara.

Quisieron dar un paseo por el pueblo hasta llegar al centro, donde se encontraba la mayoría de los habitantes en ese momento, con todos los bares llenos de placer. Idoia, junto con su pareja, fue a tomar unas copas en el Equus, bar de copas y merendolas. Disfrutaban de la brisa que soplaba por la terraza de la plaza del Ayuntamiento del pueblo. Auxi y Víctor se fueron a la casa que habían alquilado los cuatro para el fin de semana. Se encontraba por calle Real.

Al poco tiempo de tomarse las copas, regresaron a la casa, donde Idoia decidió quitarse los tacones para ir más cómoda y ligera. Rio Samuel.

—Eh, qué pasaaa, moreno —se dirigió con chulería.

—Eres… más bajita.

—Ja, ja, ja. Me parto y me mondo —se burló Idoia.

—Anda, dame, sube.

—¿Qué? Pero ¡estás loco!

Quiso subírsela a la espalda hasta llegar a casa.

—Que te vas a dañar los pies, culo inquieto.

Idoia, muerta de la risa, subida a la espalda de su moreno, canturreaba la canción del borriquito. Samuel la callaba diciéndole con cariño:

—Es tarde, calla.

—¿Y? —dejó caer con una risa avergonzada.

—Ya estamos.

—¡Bien! —Lo celebraron con un beso. Samuel le propuso algo.

A la mañana siguiente, tras una noche…, despertaron enroscados como buenos amantes. Auxi y su pareja Víctor estaban en la terraza desayunando. Cuando mencionaron los nombres de Idoia y Samuel, ambos aparecieron por la cristalera que comunicaba el salón de la terraza.

—¡Buenos días!

—Buenos días —respondió Idoia con cara aún de dormida y con el pelo alborotado. Samuel se encontraba en el aseo. Mientras, Idoia ya estaba en pie sin muletas.

—Un fin de semana para repetir. —Ese fue el mensaje que escribió Idoia en el grupo de las *supergirls*.

Los cuatros se pusieron a recoger y a ordenar la casa rural para, a la hora de almorzar, comer en La Alternativa 2.0. Merendaron en Casa Ingrid, tienda del turista, un lugar acogedor, amplio y acompañado de música relajante. Al atardecer, regresaron a la ciudad. ¡Un día y una comida buenísimos!

Los cuatros fueron en busca del coche. Idoia conducía. Puso el CD de Katy Perry; les gustaba a los cuatro. Se pusieron en marcha por calle Fray Juan con la música a tope hasta llegar a la salida del pueblo. Auxi fotografiaba el pueblo desde la entrada. Repostaron gasoil en la gasolinera Hermanos Campano.

Ya iban por la autovía A-357. Mientras, hablaban con Esther. Todo fenomenal. Había una cola enorme y, para colmo, un camión delante de Idoia.

—Llegaremos más tarde, mami, os quiero, ¡besitos para Toby! —Se despidieron todos de Esther, que paseaba a Toby mientras Martino, su padre, hablaba por teléfono. Al poco tiempo, hicieron videollamada con los padres de Auxi.

—¡Uh, vídeo, vídeo…! —exclamó Idoia.

—¡Hola, chicos! ¿Cómo vais?

—Holaaa, mamá. Muy bien, vamos para Málaga. Es un pueblo muy bonito, ya te contaré en casa…

Asintieron con una sonrisa los padres de Auxi.

—¡Tened cuidadito!

—Chaíto, chicos, ¡nos vemos!

—Hasta luego, mami.

Lanzaron besos. Llamada colgada. Empezó a sonar la música mientras Idoia y Samuel se agarraban de la mano con suavidad y se miraban con dulzura durante unas milésimas de segundos, cuando se podía. Por otro lado, Auxi y Víctor se hacían bromas en los asientos traseros del coche.

—Próximo viaje, chicas —comentó Idoia—. A ver qué os parece.

—Venga, va —respondieron Auxi y Víctor con intriga.

—Marruecos.

La verdad que a Auxi le gustaba esa zona. Viajó con sus padres hace unos años para visitar a su abuela. Sin esperar más, Auxi lo compartió en el grupo. La fecha se adecuaría para que viniese Paola con su pareja, Jose, y sus amigas, Sandy y Merche, que vivían todos en Ámsterdam.

Algo inmenso pasaría.

11. NO PIDO TANTO

Tras leer con detalle la información del viaje, a todas les vino bien esa posible visita a Marruecos. Para Paola era un sueño por cumplir, al igual que para Idoia, Megan y Lara. Las demás habían visitado esas tierras en algún momento de sus vidas, pero nunca solas, simplemente, con amigos.

Idoia, como siempre, se encargó de comprar los billetes de avión y después le devolvería la cantidad por efectivo o Bizum, que era más cómodo y rápido. Se acercaban el mes de marzo y las vacaciones de Semana Santa.

Del 25 de marzo al 2 de abril: estos serían los días para disfrutar por Tánger, Marrakech, Rabat, Casablanca, Mequinez… Sin guía, pero con la comodidad de alquilar un coche y visitar esas ciudades tranquilas y muy atractivas.

Esta vez, Víctor, porque tenía competición de voleibol, y Samuel, porque tenía evento musical, no pudieron apuntarse a la cita, así que, de nuevo, las *supergirls* iban por libres a otra nueva escapada.

Llegaron a la ciudad malagueña y justamente, cuando se despidieron todos, Idoia soltó a Samuel y algo extraño pasaría.

Era una chica directa, pero, a la vez, dejaba fluir espacio hasta tener seguridad antes de meter la pata.

Al día siguiente, Idoia iba paseando por la zona La Trinidad. Había quedado para desayunar con Lara y Megan en el bar restaurante El Racimo. Vio a Samuel de lejos besarse con una chica. No solo eso: tenían cierta cercanía y complicidad en ese momento. A Idoia se la llevaban los demonios; mientras, sus amigas la sujetaban, ya que lo que estaba viendo era, en ese momento, un *show* convertido en *shock* para Idoia, hasta que se perdieron de vista agarrados por la cintura; este la cogía de la mano.

Idoia, desconcertada y muy enfadada, le envió un mensaje de voz:

—Hola, Samuel, necesito hablar contigo, ¿estás bien? Verás, lo mío es urgente, cariño. Un beso.

Samuel, inmediatamente, la contestó, extrañamente, por escrito.

—Hola, cariño, ¿qué te ocurre? Sí, yo estoy muy bien. Esta tarde me paso por el parque frente a tu casa y hablamos, ¿te parece?

Idoia le mandó un «*okey*» a secas para verse esa misma tarde. Estaba encabroná.

—Maldita sea con este… Espero que no sea lo que hemos visto.

Megan la miró, la cogió de las manos y le dijo:

—Cuando lo habléis todo, lo sabrás. Tú tranquila, corazón.

Ambas la abrazaron. Mientras, a Idoia se le escaparon unos lagrimones del tamaño de unas judías.

—Toma, sécate.

Idoia usó ese pañuelo que le había dado Lara como refugio y se limpió las lagrimas con él.

—Vamos, Idoia, ánimo, cariño.

Idoia y Samuel quedaron en ese parque donde tanto tiempo compartieron y todo se truncó en ese instante tras aceptar Samuel que había conocido a otra chica. Idoia, sin más, le dio un empujón diciéndole de todo.

—¿Porque has conocido a otra? ¿Sin más? Vaya estúpido que eres. Y si no te veo por esa calle, aún estaríamos… ¿cuándo pensabas decírmelo, mo-re-ni-to? —se mofó Idoia mientras Samuel se hundía en el silencio.

Esta vez, Idoia era fuerte y se marchó llorando de rabia, pero con la cabeza alta, dejándolo solo en el parque. Cuando estaba lejos, le dirigió unas palabras:

—¡Vete a la mierda, profe! ¡Fóllatela tantas veces como puedas, porque de mí no vas a saber nada de nada!

Samuel quería hablar, pero no le salía ninguna palabra, salvo estas:

—¡Tampoco hace falta que me pegues voces…!

Las casualidades del destino. Paola también discutió con Jose: surgió ese engaño que a cualquier persona le dolería o casi mataría.

Idoia estaba destrozada, incomprensiva… Pasó una de las peores semanas de su vida. Gracias al apoyo de sus padres y de sus amigas pudo salir adelante en poco tiempo.

—¡Gracias, amores, por todo!

—Te lo mereces por cómo eres, cariño.

La abrazaron y besó a su madre y a su amiga Auxi, que en ese momento estaba en casa apoyándola.

Auxi estaba con Víctor en un momento en el que estaba cansada y tenía dudas porque no le transmitía seguridad ni confianza.

—No pido tanto —dijo Idoia—. Solo ser feliz y que mi gente sea feliz. Nada más. Tan sencillo como eso.

Tras esto, irán a dar un paseo por la playa y jugarán contra los guayabos playeros. Mientras, Idoia convencía a Auxi de que le diera tiempo a su pareja, con la que llevaba poco tiempo, antes de cortar la relación.

—Háblalo con él, peque —le dijo Idoia con toda su templanza y claridad.

—Gracias, tía. Sí, lo voy a hacer… Estoy confusa, y más con lo que te ha pasado a ti. Tan inesperado… Estoy hecha un caos.

Idoia tenía un as bajo la manga.

—Auxi, Samuel no me merece, a la vista está. Sin motivo alguno me la ha pegado, así que vive, que yo voy a seguir viviendo, y más aún. Secreto entre tú y yo.

—Dime, culo inquieto.

—Le voy a comer la boca a Roberto, y verás.

—¿Cómo? ¡Estás loca!

—Saldrá bien —afirmó Idoia con total seguridad—, y seremos una gran peña.

—Te imaginas todo un grupo… Pues no está nada mal, ¿eh?

Es más, lo invitaron al viaje de Marruecos. Lo puso en el grupo como propuesta.

—Me parece estupendo —asintieron las chicas.

—Idoia, eres una *crack* —mencionó Megan mientras le mandaba un corazón a Lara, a Auxi y a Susan. Esta última estaba teniendo una relación con Andreu, ese chico alto, rubio… y sueco.

15 de marzo

Esa tarde estaban en la playa jugando al voleibol. Idoia estaba a tope jugando y haciendo un partidazo. Los chicos no daban crédito; parecía que se había dopado. Ahí los invitaron para el viaje de Marruecos. Los chicos, asombrados, respondieron:

—*Very good, thank's, friends!* —agradecieron Tim y Andreu. Rápidamente, Idoia les pasó la compañía de viaje para que ellos compraran el billete. Lo hicieron, todos se abrazaron en forma de círculo y rotaron festejando.

—¡Vamos, fotaza! —dijo Idoia con el mar al fondo y la red roja y blanca al lado derecho de la imagen. Roberto tenía el balón en las manos, sujetándoselo junto a la cadera.

Al terminar el partido, Idoia se fue a saludar a Roberto, que esta vez iba en el equipo contrario. Ambos se chocaron las manos y se guiñaron. Idoia mantenía su mirada; se la clavaba con deseo.

Roberto propuso quedar a cenar el viernes, un día antes de partir a Maruecos, a un restaurante hindú en el que nunca habían estado Idoia ni sus amigas, salvo Paola, que ya había regresado de Ámsterdam junto con su pareja Jose. Habían hecho las paces. Lo bonito del amor: o aclarar todo o cortar por lo sano.

Se estaba formando un grupo, o peña, según Idoia, bastante conectado:
- Auxi – Víctor
- Susan – Andreu
- Lara – Álvaro
- Megan – Tim (estos dos en proceso de conocerse con los debidos tonteos)
- Paola – Jose
- Idoia – Roberto (aún conociéndose, «tonteando»)

Seis posibles parejas que, *a priori*, llamaban mucho la atención. Idoia y Roberto hacían una gran pareja. Este era jugador profesional de voleibol; de momento, jugaba con la selección española de voleibol, donde tendría la próxima temporada partidos para la clasificación del europeo.

Idoia estaría dispuesta a acompañarlo. De hecho, le gustaba ese deporte y nada mal se le daba.

Sábado, 25 de marzo

Estaban en el avión ya despidiéndose de sus familiares por las ventanillas. Un viaje placentero y con mucha ilusión.

Idoia leía el libro de Megan Maxwell titulado *Te esperaré toda mi vida*. Mientras, los otros jugaban a juegos colectivos de internet.

Iban hacia Marrakech, un vuelo de una hora y cuarenta minutos. Allí, se hospedarían en un hostal, del cual ocupaban 2 habitaciones de 6 camas. Empezarían la ruta por las distintas ciudades esa misma tarde.

Primera visita: restaurante Halai, ubicado en Marrakech. Todo comida marroquí. Era un mundo nuevo por descubrir para Idoia: cuscús, mechui de cordero, bastela y, para terminar, té verde o alguna infusión.

Después, fueron a coger el 4 × 4 para visitar la Medina de Marrakech y la madraza, una escuela coránica.

Era muy tarde, por lo que en Marrakech no se debía andar fuera de casa por seguridad, así que regresaron al hostal donde, agotados, cada uno se fue a descansar.

—*Tab masawuk* —dijo Lara.

—¿En? —Idoia se quedó sorprendida; mientras, se reían Roberto y Álvaro.

—Quiere decir 'buenas noches', ojos verdes —dijo Roberto.

—Ah… ¡*Tab Masawuk*, amigas!

En esa habitación dormían Lara, Álvaro, Idoia, Roberto, Paola y Jose. En la habitación de al lado estaban Auxi, Víctor, Susan, Andreu, Megan y Tim. Se escuchaba todo. Eran unas paredes finas, acartonadas. Cualquier respiración más profunda de la cuenta podría ser un desvelo para algunos de los somnolientos.

A la mañana siguiente, Idoia y Roberto se despertaron. Idoia se quedó mirando una pequeña lona que decía: *Eishsh wa'ahabu jarik*. Significa: 'Vive y ama al prójimo'. Eso de amar al prójimo le recordó a Samuel, pero… no podría ser eso de amar al prójimo. Se quedó pensativa.

Roberto había salido a la calle a hacer deporte antes de partir con el 4 × 4 y visitar las zonas más emblemáticas de la ciudad.

Poco a poco se despertaban todos de las literas. Idoia ya tenía el pantalón ancho y la camisa hawaiana, que le favorecían un montón.

Tras un desayuno de dátiles, frutos secos, infusiones, y un bocata de huevo cocido, partieron hacia la mezquita Kutubia donde pasaron toda la mañana a la tarde fueron al jardín Majorelle que presenciaban un museo de cultura marroquí, plantas exóticas y unas aguas cristalinas como los ojos de Idoia.

Eran las 16:00 h y fueron a visitar los mercadillos medievales que transcurrían por las calles. Lara se compró unos pines para el recuerdo. Era el típico regalo, junto con una postal de cualquier lugar para inmortalizar el momento. Idoia se compró una bandeja *shebakia*: una masa frita en forma de flor que se podía bañar en miel o en frutos secos.

Era típico tomar mucho té, especialmente, té verde. Así, pararon en un pequeño bar y se sentaron en la terraza para degustar ese té tan rico. No eran lo mismo que las infusiones de España. Mientras, Lara mostraba las costumbres de Maruecos: por ejemplo, ir descalzos por casa, comer con la mano derecha por signo de pureza, la importancia de la unión familiar, rezar hacia La Meca, el ramadán… Aquí, Idoia no entendía la necesidad de tener que aguantar esa hambre y ese desgaste corporal por la falta de vitaminas y minerales, como tampoco entendía la costumbre de los cristianos de no comer carne en Semana Santa.

—Para gustos, colores —dijo Auxi—. Yo tampoco lo comparto. —Asintieron las chicas estando de acuerdo.

—La fe hace mucho, mueve cielo y tierra —mencionó Roberto.

—Sí, Robert —respondió Idoia—. Pero hasta dejar de comer… Es muy radical. Mi cuerpo serrano no sería capaz de hacer eso.

—Bueno, eso de serrano… —se mofó con cierto cariño Roberto mientras tomaban las infusiones—. Tampoco se come carne de cerdo —añadió.

—Bueno, ¿jugamos a un juego inventado? Cuando vayamos a entrar en casa, ¡descalzaos! —propuso Lara para ir cumpliendo las costumbres del país.

—Y si no, ¿qué pasa? —preguntó Andreu.

—Pues esa persona pierde puntos y se encargará de alguna tarea de la casa que le asignemos.

—Mmm, está guay, ¡oye! —afirmaron Idoia y Susan.

Los chicos asintieron a la misma vez que las chicas también lo hacían.

—Tim, a ti te costará más trabajo en adaptarte, ¿no? —inquirió Paola.

—Pues… sí, realmente, me va a costar adaptarme, pero bueno, se intenta.

—Esa es la actitud, Tim —le animó Idoia.

Tim era de Noruega, pero llevaba en España viviendo cuatro años y cinco meses. Se estableció desde el principio con sus hermanos y su madre en Málaga, donde también compraron una casa adosada en Marbella.

Tras un buen tiempo charlando, regresaron a casa y, cómo no, se descalzaron. Se sentaron en una gran alfombra que tenían en la habitación 17. Allí se acomodaron sin hacer mucho ruido para evitar conflictos. Eso también era un exquisito requisito de los marroquíes: respetar el silencio y orden.

En la vida de Idoia era importante, además de dedicarse a sus estudios y a sus deportes, viajar. Cuanto más, mejor, para empaparse de cultura y aprender diferentes costumbres.

Así, durante estos tres años, se ha dedicado a formar parte de una vida llena de viajes largos, intensos, cortos, pero todos inolvidables.

Siempre viaja acompañada, excepto una vez, que se marchó con su mochila llena de accesorios básicos a Cantabria durante un fin de semana. Lo pasó mal en algún momento, pero fue muy gratificante.

Idoia siempre lo decía: «Tampoco pido tanto. Solo ser feliz».

Lunes, 27 de marzo

Todo el mundo estaba trabajando. Mientras iban paseando por las calles rodeadas de puestos artesanales, caía un chirimiri, pero los turbantes les cubrían la cabeza y, por otro lado, la temperatura acompañaba. Amainaba y un aire fresco movía los vestidos largos que, en este caso, llevaba Roberto.

Fueron a visitar La Meca, lugar donde le rezaban los fieles a Alá. Allí, en ese lugar, el silencio era encomiable y digno para el momento.

Se fotografiaron a las afueras del templo, con las vistas del mar y la ciudad a sus espaldas, y con un sol tenue entrevisto por las nubes.

—Ey, he pensado en mi boda. Lo celebraría aquí

—Pero… ¿te vas a casar? —comentó sorprendida Susan mientras el silencio se apoderaba de los demás.

—Sí, me gustaría, en un futuro, pero… Nada seguro. A ver qué tal nos va, ¿no, Roberto? —Este, con cara dócil, la miró y pareció que asintió a esa propuesta.

—Por mí… Estoy loco por ti, culo inquieto.

Le puso las cartas sobre la mesa. Idoia lo besó y este la correspondió y la cogió de la cintura, le dio una media vuelta en el aire y terminaron abrazándose. Eso a Idoia le encantaba, sentirse volar. No se podía despegar de esos labios ni de esos ojos marrones.

Llevaban muy poco tiempo. Todo era muy bonito y serio. Esa seriedad, ese respeto, esa confianza de tener las cosas claras daba a la balanza un casamiento.

—¿Por qué no? —dejó caer Lara.

12. EL ANILLO PARA CUÁNDO

—Oye, y tú, ¿a dónde vas? Quiero decir, ¿dónde vais a celebrar vuestra boda? Ya lleváis un buen tiempo…

—Sí, llevamos un buen tiempo, unos cuatro meses. No queremos correr, pero sí que lo hemos hablado, ¿verdad, Víctor?

—Sí, así es, y quién sabe si dentro de tres meses nos place…, o dentro de dos años… ¿Quién sabe? Pero hay mucha química, comprensión y respeto.

—¿Sabes? Yo creo que en la convivencia es donde se ven las cosas —dijo Idoia—. En mi caso, con mi ex, Samuel, iba bien, aunque, por otro lado…

—Mejor no lo recuerdes, no te merece —le mencionó Auxi a Idoia—. Y sí, creo en lo que dices. En la convivencia se ven las cosas. Me suena a que mi madre me lo dijo varias veces.

—Lo digo y no digo nada. Si nos casamos, estáis invitados, eh… —sugirió Idoia. Parecía tener ganas de unirse a Roberto—. Un chico independizado, con su trabajo, muy cordial, cachondo, guapísimo, bien cuidado, aunque sus defectos también me encantan: su pequeño tic nervioso en el ojo derecho, su enfado, que se le ponen las cejas puntiagudas como los lobos…, pero muy bien. No pido tanto.

Paola, entre risas y curiosidad, propuso:

—¿El anillo para cuándo?

Y se escuchó:

—Eso, eso… —Era la voz de Susan mientras todos se miraron.

Esa noche, Idoia y Roberto decidieron pasear por la ciudad de Tánger, una ciudad encantadora, acogedora gracias a sus paisanos. Mientras, los demás se quedaron en casa preparando la cena; otros, leían.

Una complicidad entre ambos que hizo que estallase de nuevo ese mundo entre ellos. Se fueron a una casa abandonada (que no estaba tan mal) y conectaron todos sus sentidos. Temperatura hasta llegar al orgasmo más intenso que Idoia había tenido.

—Oye, ¿nos casamos? —le preguntó Roberto a Idoia.

Esta se quedó pensativa. Sentía que sí, pero su situación estudiantil y el escaso trabajo que conseguía la echaban para atrás, ya que no trabajaba mucho. Se lo hizo saber a Roberto.

—No temas por eso, pronto estarás dedicándote a lo tuyo y cogeremos estabilidad y compartiremos…

Idoia cerró los ojos, cogió su cara sin más y lo besó y, poco después, le dio un abrazo.

—Haz lo que te dicte el corazón, Idoia.

Esa misma frase le recordaba a su iaia Carmen. ¡Cuántas veces se lo dijo…! Idoia estaba emocionada.

Tras un silencio de varios segundos…

—Sí, me quiero casar contigo. Pero, primero, una cosa. No pido tanto, solo ser feliz contigo y con los míos.

Roberto le cogió la mano para tranquilizarla y mostrarle su confianza.

—Todos los hombres no somos iguales.

—Ni las mujeres tampoco… —dijo Idoia nerviosa, aguantando la risa de la emoción—. Por esa misma razón, así que ¡nos casamos!

Se fundieron sus cuerpos, esta vez sin llegar a las profundidades ni a las intimidades del ser.

Al cabo de unas horas, regresaron a su hostal. Allí los esperaban todos. Al abrir la puerta, se quedaron boquiabiertos, pues algo intuían: les habían preparado una rica cena y la cama estaba llena de pétalos de rosas. Algo intuían, y todo iba a salir, pero en su debido momento.

Idoia estaba nerviosa y le envió señales a su amado de que si podía comunicárselo a la peña. Roberto, con seguridad, le respondió:

—Por mí, sí. Si te sientes mejor, hazlo.

—Gracias amor. Tengo noticias…

—Di —ordenó Auxi. Estaban todos intrigados.

—Eh… —Andreu y Tim le cogieron la mano y la animaron—. Gracias —dijo Idoia entre nerviosismo, seriedad y alegría.

—Dinos —insistió esta vez Lara, sorprendida—. ¡Nos tienes aquí hechos unos pasmarotes esperando!

—Nos casamos Roberto y yo…

Idoia se tapó los ojos entre lágrimas mientras las *supergirls* la cogieron y la abrazaron como si de una piña se tratase, y por otro lado, los chicos abrazaron a Roberto y lo mantearon. Las *supergirl* también se apuntaron.

—Puf, no tenemos fecha señalada ni nada, así que discreción, eh, que os conozco.

—Tranquila hasta que no deis voz y voto, no diremos nada a nadie.

—Los primeros que lo sabéis sois vosotros. En cuanto llegue a España y a casa, se lo comentaré a mi familia.

—Y yo a los míos —dijo Roberto.

Al día siguiente, festejaban la sorpresa del año sentados en la zona de pedruscos del cabo Espartel, frente al estrecho de Gibraltar, entre unas copas que habían comprado Idoia y Roberto para compartir ese gran momento junto a la brisa del mismo estrecho.

Auxi y Víctor se besaban, apartados unos metros más allá del grupo. Parecían una postal espléndida. Más tarde, fueron para el centro de la ciudad de Marrackech. Llegaron al hostal, donde cenaron todos juntos en el salón. Esa misma noche había guateque. Ya estaba la fiesta montada.

Los futuros novios se vistieron tipo fiesta ibicenca. Idoia llevaba unas trenzas preciosas que le cruzaban por toda la cabeza. Se las hizo su amiga Auxi, a la que se le daba muy bien eso de hacer virguerías con los pelos. En la boda de su hermana también fue protagonista al hacerle un peinado de gala. Estuvieron allí con los paisanos y vecinos, donde bailaron hasta bien entrada la madrugada. Idoia estaba con las trenzas aún «vivas», descalza, pero su rímel no le camuflaba las ojeras; a Roberto le encantaban. Además, se mofaba de ella al llamarla «dálmata».

Eran las 05:00 h. Estaban aún debajo de las habitaciones, sentadas todas en círculo en esos sillones tan inmensos, aterciopelados, junto con un grupo de chicas y chicos de la ciudad. Charloteaban aguantando la compostura para no dormirse allí mismo.

A la mañana siguiente, partieron cargadas con la maleta y, para su sorpresa, se montaron en un barco para regresar a España por la costa gaditana y allí coger un bus para Málaga. Un viaje imprevisto y muy enriquecedor, donde aprovecharon y visitaron un poco el museo, la catedral y la plaza de las Flores. No había tiempo para más, así que se hicieron unas fotos por donde pasaron e inmortalizaron esos momentos. Idoia se compró la bufanda del Cádiz, el equipo de fútbol de la ciudad. Simplemente, le gustó mucho.

Regresaron tras un largo viaje a Málaga y llegaron a la estación de autobuses todas dormidas. Allí estaba la familia de cada una de las chicas. «¡Málaga! ¡Abril, aguas mil!» Ese dicho se lo inculcó su abuela, la madre de su padre.

Las chicas estudiaban para los exámenes de junio. Todo iba viento en popa. Era el último año, para después seguir con la especialización o el MIR.

A Idoia le encantaba Cardiología. Cada vez lo tenía más claro y, decidida con ella, se sumaba su amiga Lara, a la que también le gustaba ese mundo. Sin embargo, las demás chicas se decantarían por Urología, Traumatología y Dermatología.

Esa mañana, decidieron hacer planes para jugar al voleibol en la playa de La Malagueta junto con los chicos. Hacía mucho calor, lo que invitaba a ir a darse un refrescón a la playa. Idoia así lo hizo. También aprovechó y tomó el sol mientras tocaba la guitarra.

Idoia, al llegar a casa, les comentó a sus padres, mientras acariciaba a Toby, que se casaba con Roberto. Los padres se quedaron mudos. Se miraron por segundos entre ellos.

—¿Qué? —Su madre estaba algo desconcertada—. Hija, si te hace feliz, nosotros te vamos a apoyar en lo que necesites…

Sin darle tiempo a Idoia de reaccionar y contestar, interrumpió su padre, Martino.

—Idoia, hija mía, pienso como tu madre. Eso sí, no dejes tus objetivos por nada del mundo, es tu futuro y tu vida.

—Tranquilos, papis, seguiré haciendo mi vida, pero necesitaría vuestro punto de vista, y claro, estáis invitados.

Los tres se fundieron en un abrazo mientras Toby se quedaba tranquilo en el sofá. Idoia lo besó.

—Mañana aviso a los tíos y tías y la iaia.

—A la iaia le va a hacer mucha ilusión. Ella se casó a los 20 años, un poco antes que tú.

Ese día tenía que acudir a la biblioteca municipal de la universidad por la tarde. Por ello, aprovechó la mañana para hablar con la familia restante para informarlos e invitarlos a su boda, que se celebraría el día 27 de julio. En especial, quería avisar a su abuela Carmen y a su abuelo Juan, por parte de padre. La boda se produciría casi un mes después de terminar su cuarto año de carrera, por lo que estaría tranquila.

A los preparativos se sumaron toda la familia de Idoia y de Roberto, más las amigas y amigos, para que no faltara ningún detalle y que solamente los novios se centrasen en disfrutar y elegir su vestido deseado.

Aún faltaban dos meses y medio. El lugar de la ceremonia se encontraba en la ciudad malagueña: el jardín botánico, y el resto de la celebración sería en el Hotel Málaga Palacio, a la vista de la catedral, todo el centro de Málaga y el mar junto al Muelle 1.

—Un acogedor hotel —dijeron Martino y el padre de Roberto mientras iban por el paseo marítimo con sus mujeres.

—Cierto, justo ahí me casé yo con Helena, mi única mujer. Y sí, es una bestialidad de lo bien que se pasa ahí dentro.

Esotranquilizó más a Martino. Los padres de Roberto e Idoia se conocieron y hablaron de cosas comunes, en especial, Esther y Helena tenían temas sobre los que charlar, aunque Martino y Nico (padre de su futuro esposo) también querían hablar de ciertos temas. Mientras, Idoia decidía con Roberto el tipo de vestido que querían, los accesorios, las invitaciones, las cartas… Una tarde tan productiva como cualquier clase de la universidad. Aquí estaba más tranquila y disfrutaba más.

Su queridísima amiga Auxi se encargaría del peinado. Sobre el maquillaje, no era mucho de potingues, así que ella misma se podría atender. El vestido sería de hombro descubierto con abertura en la pierna izquierda, de un color azul eléctrico, igual que la camisa del novio. Este llevaría unos pantalones negros de bolsillo acompañado de un chaleco del mismo color y una corbata a juego con su camisa. En cuanto a los zapatos, Idoia llevaría unos al descubierto con unos pequeños tacones blancos, minimalistas... Sabía lo que le esperaba ese día: caminar, caminar y festejar, y debía aguantar con esos taconcitos llenos de perla que le pusieron sus primas Dulce y Sandra antes de la boda. Por otro lado, Roberto llevaría unos calzados de punta liso.

—¡Vaya dos primores! —dijeron llenos de luminosidad en los ojos, entusiasmados, los padres de estos dos enamorados.

Se encargaron de los preparativos con cierto nerviosismo, pues no podía faltar ningún detalle. Además, había 500 invitados, ¡número redondo! El *catering* sería el de La Canasta, y debían especificar todas las intolerancias y señalar con claridad los alérgenos... para evitar indigestiones a la hora de comer. Por ejemplo, su amiga Paola era alérgica a las aceitunas y a toda su composición y derivados.

Una locura que al final mereció mucho la pena por cómo se vivió, sin ningún tipo de tensión, aunque las *supergirls* y los chicos estaban en otro mundo más de yupi que en la realidad. Fueron al Hotel Málaga Palacio tras una ceremonia espectacular, llena de emociones, con fotografías inolvidables, rodeados de árboles milenarios. Estuvieron acompañados otros seres vivos que hacían de la zona un lugar más mágico y acogedor.

—¡Un brindis por los novios!

Chinchín. Todos levantaron las copas.

Empezaron de nuevo a dedicar escritos tan intensos que, en ese mismo instante, abundaban más los pañuelos que las copas. Idoia y Roberto llevaban tan solo 8 meses y medio juntos, pero fue tan intenso y real todo que ¿por qué debería esperar más?

«Yo creo que el respeto y la confianza se trabajan y se demuestran todos los días. El tiempo ayuda, pero nosotros tenemos más poder y fuerza que el tiempo...», pensó Idoia.

Allí, mientras charlaban y degustaban el menú, Idoia vio a Samuel. El chico fue invitado por ambos y se presentó con otra chica que no era con la que le puso los cuernos a Idoia. Ella quería sanar, al menos por su parte, ese pasado.

Se saludaron los novios con la mujer nueva.

—Es mi pareja, Cristina.

—Encantado, Cristina. —Se besaron Idoia y ella mientras esta la felicitaba, al igual que Samuel felicitaba a Roberto. Se dieron un cordial abrazo. Eso de los apretones de manos ya no se llevaba. Mientras seguían de pie, el ambiente se iba cargando de una multitud de turistas que se acercaban solo para felicitar a los recién casados.

Ese día había coincidido con un viaje del Imserso, que había llegado al hotel desde Almería.

Además, mientras comían y los novios no paraban de animar la fiesta, Víctor le pidió matrimonio a Auxi. ¿Qué más podría pasar?

13. ESTRELLAS O ESTRELLADAS

El próximo viaje sería espectacular. Valencia, cuidad de la ciencia. Un viaje en el que fueron los novios justo después del día de la boda. Al día siguiente llegarían a la ciudad las *supergirls* y los *superboys*.

La boda seguía su curso. Al mismo tiempo, la iaia Carmen abrazaba a su nieta vestida de novia entre llantos y besos.

—¿Bailamos? —la invitó Idoia.

—Pues claro, hija.

Pidieron un pasodoble para la pareja y allá que se pusieron a bailar mientras todo el público se quedaba anonadado observando cómo la iaia tenía cuerda y poder para rato. Se levantaron al terminar el pasodoble con la canción de Manolo Escobar de *Me gusta mi novia*.

Pasaron una boda increíble, fácil, sencilla, acogedora.

—Y tú, ¿adónde vas? —dijo Roberto a su ya querida esposa.

—Voy a hablar con las chiquis y con tus amigos para planear algo.

—Venga, va, te acompaño. ¿Y ese algo?

—Shhh, calla, lo vas a flipar.

Roberto la miró, la besó en la mejilla, se agarraron de la mano y juntos cruzaron medio salón.

Las chicas, junto con Idoia, ya tenían algo tramado. Lo compartieron con los chicos.

—¡Chicos! —exclamó Idoia—. Nosotras vamos a ir a Sierra Nevada, ¿os animáis?

—¿Cómo? —Perplejo se quedó Roberto—. ¡Yo quiero ir! Pero a esquiar… Me haría muchísima ilusión.

—Por eso dije que te vinieras, moreno —le respondió su esposa.

Sin mediar se acercó y le comió todos los labios durante varios segundos mientras se emocionaban. Después, se abrazaron y se dijeron por lo bajini cuatro piropos, pues, en aquella situación, era conveniente mantener la compostura.

Una boda increíble y llena de emociones, independientemente de su edad. Lo importante fue que los sentimientos fluían por todos los rincones de aquel hotel. Terminaron a las 08:00 de aquella manera.

Idoia, al levantarse, no encontraba su sandalia de tacón recién comprada para la ocasión más importante de su vida.

—¿Qué buscas? ¿Dónde vas? —preguntó Lara.

—Busco mi zapato, no lo encuentro.

Llevaba media hora dando vueltas por todo el hotel, mirando debajo de las camas, y estaba desesperada.

—¿Tus sandalias…?

—Sí, mis zapatos —interrumpió.

—Espera, te acompaño.

Se le acercó Lara mientras toda la multitud parecía haber sido barrida esa mañana. No apareció ni un alma.

—¿Dónde está la gente?

Fueron desde los servicios a los salones, pasando por las habitaciones, y la verdad es que no había manera de encontrar la sandalia de Idoia. Iba con las zapatillas del cuarto por todo el hotel.

Más tarde, casi a la hora y media, se despertó Roberto, y cómo no, este iba a encontrar el zapato de *Alicia en el país de las maravillas*. Este llamó a Idoia:

—¿Hola?

—Roberto, tío, se me ha… —Este la cortó.

—¿Se te ha perdido algo?

—Sí, mi sandalia… Estamos Lara y yo buscándolas y no tengo ni remota idea de dónde pueden parar.

Roberto empezó a reírse. Idoia estaba callada, hasta que estalló.

—¡Tú la tienes!

—No, me la he encontrado aquí, en la habitación, y tus…

—¿Mis que?

—Si vienes, te enseño.

—Voy, moreno. Espera, Lara, Roberto tiene mi sandalia y algo más… No sé qué es, voy a la habitación. Gracias, cielo.

—De nada, culo inquieto.

Se guiñaron mientras se alejaban para ir a sus habitaciones. Idoia, cuando llegó a la habitación, se encontró la puerta encajada. Al entrar, se encontró a su esposo, que estaba tumbado en la cama de modo *sexy*, dispuesto, atractivo, como siempre; como si de algo a cambio le estuviera pidiendo, y era así. Idoia, ya más relajada, empezaba a palpitar al ver ese cuerpazo dispuesto a hacerla temblar. No dudaron: explotó esa energía, enredados entre sábanas.

—Uf, vaya locura, estoy estrellada.

—Nos hemos estrellado el uno al otro —puntualizó Roberto sonriendo.

Idoia lo abrazó.

—Gracias, gracias, mil gracias por darme todo, mis sandalias y mi ropa interior nueva.

—¿De verdad que no te acordabas, nena?

—No, tío.

Se abrazaron y poco a poco, entre caricias y masajes, fueron a más y a más y… Otra explosión de alegría, de placer. Gemían hasta encontrarse de nuevo con los seis sentidos.

Se fueron para la ducha y se prepararon para volver a sus casas. La gente ya estaba fuera esperándolos para la despedida. Otra nueva ovación.

—¡Vivan los novios!

—¡Vivan! —gritaron Esther y Martino.

Todos aplaudían mientras los novios salían de la puerta del hotel desmaquillados y con cara de somnolientos.

Se despidieron con una inmensa satisfacción de todos los invitados: familiares, amigos, amigas (*supergirls*), compañeros de universidad, profesores… Un ambiente inolvidable.

—¿Y el viaje de luna de miel? —le preguntó su ya amigo Samuel…

—13, martes —mencionó Idoia por no decir martes 13 y que no sonara a mal presentimiento.

«¿Por qué tendría que pasar un mal día?», pensó ella mientras enviaba un mensaje a su madre dando señales de vida. Hizo una llamada para informar de que todo iba bien.

—Hola, mami, estoy bien. Hemos parado en un bar de carretera, pero no hemos entrado. Estamos comiéndonos los bocatas tipo *hippie* mochilero al lado de nuestro coche. Faltan unas 4 horas para llegar a Valencia, según Google Maps. ¿Sabes qué es?

—¿Google Maps? Deduzco…, pero no sé exactamente qué sugiere… bueno, a lo que iba, Idoia, estás bien, ¿no?

—Sí, mami.

Le envió unas fotos con todas juntas y los mofletes hinchados.

—¡Buen provecho, amores! ¡Cuidadín, cuidadín!

—Sí, gracias, mami, besitos para papi y para Toby. Te quiero.

—Hasta luego. —Esther se despidió del grupo mientras hablaban por videollamada.

Idoia le envió unas fotos haciendo los gansos a sus padres.

—Estáis estrelladas, hija.

—No me digas, ja, ja, ja, ja.

Esther envió su foto con morritos, con los labios pintados de rojo suave.

—Oleee, guapísima, ¡te quierooo! ¡Hablamos a la noche!

—Hasta la noche, preciosa mía.

Cogieron el coche furgoneta de Víctor y se pusieron en marcha tras la comida y descansar un poco del viaje. Hacía mucho calor: las ventanillas cerradas, el aire acondicionado a tope, la música de los Rolling Stones a toda pastilla…

—Guau, ¡no me digas que te gusta el *rock*! —comentó entusiasmada Idoia.

Los chicos sonrieron como forma de aceptación y señalaron a Andreu para indicar que este era más roquero.

Empezaron a cantar a viva voz mientras circulaban por la autovía en dirección a Alicante. Pasaron por toda la costa mediterránea. Se notaba esa brisa, aunque un poco caliente aún. Eran las 18:40 h y seguían cantando; Idoia tocaba su guitarra punteando.

El sol se alejaba por el horizonte. Idoia, cómo no, hizo una espectacular fotografía que abarcó la costa, el mar y los edificios. También captó un horizonte con el cielo anaranjado.

—¿Cuánto queda para llegar? —preguntó Lara quitándole esa pregunta de la cabeza a Megan.

—Quedan… dos horas y quince minutos, chiquis.

Idoia, con su punteo de guitarra, relajaba el ambiente dentro del furgón. Mientras, Víctor conducía y, de vez en cuando, miraba a Auxi, que estaba semitumbada en el asiento de atrás junto con Lara, Megan y Paola a su derecha, y Susan a su izquierda, con la cabeza apoyada en el hombro de Auxi. Idoia iba de copiloto para cambiarse con Víctor, y al fondo de la furgoneta estaban sentados todos los chicos. Por otro lado, Roberto tenía un pequeño trípode grabando todo el paisaje por donde iban pasando. ¡Una pasada la furgoneta de Víctor! Reformada por él durante años.

Idoia deseaba tener una. Tenía el carné de conducir, y aunque tenía un Seat Ibiza color rojo de segunda mano, quería venderlo para poder comprarse esa furgoneta que convertiría en minicaravana.

Faltaba una hora tan solo para llegar a la ciudad de Valencia.

—¡Yuju! —gritaron cuando ya veían las tierras valencianas al tiempo que la furgoneta circulaba a toda mecha por una carretera secundaria de único sentido. Iban directos al Hostal Limin Capsules, ubicado en calle de la Fusta y muy cercano a todo lo necesario.

Llegaron y aparcaron justo enfrente del hostal, con mucha suerte, ya que era una calle muy transitada.

—De aquí no la muevo —afirmó Víctor.

—Por la cuenta que te trae —se mofó Idoia mientras se bajaba de la furgoneta negra, amplia, limpia, ordenada, cuidada. Parecía recién sacada de la casa de vehículos.

Se hospedaron en el hostal. Acto seguido, Idoia les hizo una videollamada a sus padres.

—¡Ya llegamos, y enterita! —Rieron las chicas mientras se veía como Roberto daba señales de que «Esta chica está estrellada». Lo escuchó y dijo—: Estrellar te voy a… —Lo miró con mirada desafiante y atractiva, y ahí lo dijo todo—. Esto es una pasada, está cercano a todo lo que nosotros buscamos. Además, ¡46 € por día! Muy asequible para cualquiera.

—Disfrutad mucho, hija —dijeron su madre y su padre con cara de felicidad.

Tras colocar las maletas, acomodarse y ducharse, se fueron a la plaza del centro, que estaba a escasos diez minutos del hostal. Querían cenar en una pequeña taberna, donde ofrecían pequeñas tapas con sidra y cerveza. Disfrutaron de ese ambiente y de su gastronomía. Después, fueron a ver una peli: *Lo nunca visto*.

Pudieron coger la cuarta fila de la sala del cine. Idoia pidió palomitas y una cerveza, que compartía con Roberto.

Ambos se agarraron y se miraron los ojos y los dedos, donde estaban colocados los anillos peculiares que se habían entregado como alianza. Empieza la función. Se acomodaron y disfrutaron de una graciosa película.

Al día siguiente, se levantaron a primera hora de la mañana. Idoia se tomaba su taza de café mientras miraba en su portátil consultando el correo electrónico para ver si tenía algún mensaje importante. Tras un gran rato, ella y sus amigos *superboys* y sus amigas *supergirls* se fueron a pasear y a visitar la lonja de la seda, lugar Patrimonio de la Humanidad por la UNESCO. Pudieron disfrutar de los impresionantes monumentos góticos más reconocidos en Europa y en el mundo. La visita duró unas tres horas y media. Ahí no se podían realizar fotos, pero esto no quitó que en el exterior y a su alrededor Idoia no hiciera un reportaje a algo nunca visto.

Estaba cerca la hora del almuerzo, o, al menos, eso parecía. Idoia no paraba de bostezar, así que decidieron ir a un restaurante que ofrecía paella de todo tipo.

—¡Uh, paella!

Se le hizo la boca agua a Idoia solo al ver las fotos emplatadas en la pizarra del menú.

El día prometía: paseo por el exterior de la ciudad disfrutando de un clima soleado y caluroso. Pidieron tres arroces mixtos para compartir.

—¡Está de requetechupete! —exclamó Auxi mientras se limpiaba los labios.

—*Bon apetit* —comentó Idoia, y los muchachos, riendo, respondieron:

—¡Um…! Gracias, igualmente.

Pasado casi 45 minutos sentadas en la terraza, decidieron visitar lo que a Idoia llevaba toda una vida queriendo visitar tras verlo en una excursión del colegio, allá cuando tenía 8 años: ¡el museo de la ciudad de las artes y de las ciencias! Es un complejo de ocio científico y cultural donde se puede disfrutar de grandes animales marinos y de diferentes tipos de plantas. También se puede ver el sistema planetario; esto es lo que más le gustó a Idoia cuando vino desde pequeña. En esa sala enorme se ponían unas gafas tipo 3D en medio de un silencio descomunal, alrededor del sistema planetario y junto con la multitud, que había ocupado ya lugar para disfrutar del espectáculo del espacio.

—¡Guau, cuántas estrellas…! —susurró Idoia.

—¿Sabéis lo que son las estrellas? —preguntó el profesor de la sala.

Idoia respondió:

—Partículas de soles que brillan en la noche al ser pequeñísimas…

Toda la multitud, exactamente las 45 personas sentadas, la miró con cara de asombro y recibió un aplauso, aunque suave, pues querían evitar hacer más ruido de lo que se permitía dentro de esa «nave espacial».

14. EL BAILE

Tras casi cuatro horas de espectáculo cultural en ese mundo fascinante de las artes y de la ciencia, cenaron un surtido de tapas para compartir en un restaurante. Idoia, para beber, se pidió una cerveza; los demás se pidieron también cervezas, salvo Susan, que se pidió un Nestea.

—¡Vaya grupazo de amigos! —Brindaron mientras la culo inquieto hacía un selfi.

—Oye, ¿os apetece bailar? —preguntó Tim.

—Claro, sííí —respondió Idoia ilusionada y con ganas—. Llevo mucho tiempo sin mover el esqueleto a ritmo de Bon Jovi. —Rieron a carcajadas los demás.

—Pues vamos a una pista de baile —decidieron los demás.

Encontraron un edificio con mucha cola en el exterior. Había diferentes salas de todo tipo de música y de baile de salón.

Decidieron entrar a la pista de *rock* y escuchar al grupo que tocaba esa noche. Era desconocido, aunque estaba empezando a entrar en auge. Se llamaba The Sun Rock. Estaba la sala llena, con gargantas que cantaban; muchos bailaban a lo *rock and roll*.

Bailaron a lo grande mientras las gargantas quedaban casi afónicas al cantar todas las canciones del grupo, que eran conocidas por ser de grandes artistas de los años 70 y 80.

La madrugada llegaba a su ecuador. Idoia estaba sentada en un taburete, abrazada a Roberto. Este la sostenía por la cintura mientras apoyaba su cabeza en el hombro de su esposa.

—Qué gran noche, eh.

—Sí —dijo Roberto—. Es increíble este viaje y todo este salón…

—¿Abismal? —preguntó Idoia.

—Mmm, sí… Quería decir fascinante —corrigió Roberto. Estos dos se marcharon al hostal mientras los demás se quedaron allí entre la multitud, rodeados de calor humano y bastante contentos.

Roberto ayudaba a Idoia, que también tenía esa sonrisa que se le escapaba por cualquier tontería…

La noche prometía, había tomate. Ambos solos, en el silencio de la madrugada, con una luna que iluminaba la ciudad. Se pusieron cómodos, fueron a la cama y ahí se paró el mundo para ellos. Se besaron con lengua, se tocaron, se abrazaron y practicaron lo inimaginable…

A la mañana siguiente, ninguno de los dos recordaba todo del todo y entre los dos intentaron poner en pie los acontecimientos de la noche pasada.

—Sé que bailamos hasta reventar. —Idoia tenía los pies doloridos de llevar los tacones blancos y saltar con ellos.

—Sí, de eso me acuerdo —respondió Roberto—, pero… Después, te acompañé y pasó algo increíble.

—Ja, ja, ja, ja —se rio a carcajadas Idoia—, ¡pues claro que fue increíble! Como si repetimos ahora.

Roberto la miró.

—¡Ni de coña! Hay que ponerse manos a la obra, que viajamos hacia Málaga.

—Oohg —se quejó Idoia en broma.

—Vamos, cari, levanta y vamos a la ducha. ¿Te hago un masaje?

—¡Ni lo sueñes! Tengo mis músculos muy bien —se mofó Idoia.

Más tarde, tras una ducha erótica, como se veía venir, se vistieron, cogieron sus maletas y se marcharon hacia el coche de Víctor.

—Eeeh, ¿anoche dónde os metisteis? —preguntó unas las chicas, Lara.

—¡Esooo, uuuh, uuuh! —Sonrieron Tim y Andreu.

—Nos fuimos… a dormir…

—¡Sí, la culo inquieto a dormir! —Reía Auxi mientras Víctor le daba un beso en las mejillas.

—Bueno, ¿llevo el coche? —Cambió de tema Idoia. Víctor la miró, le mandó un guiño y le dio las llaves—. ¡Gracias! ¡Vamos a tope!

—Cuidado, cariño. —Le deseó suerte su amado.

—La tendremos, moreno mío.

Idoia circulaba la furgoneta negra a 120 km/h por la autovía dirección Alicante. Adelantó a un club de moteros.

Comentaban el fin de semana tan espectacular que habían pasado por Valencia mientras circulaban por la ciudad de Murcia, a escasos kilómetros de Lorca. Sobre todo, cuando Idoia, Auxi y Paola se disfrazaron de azafatas de vuelo. Iban de fábula, mientras que los demás se disfrazaron de piloto, de recogemaletas… Iban mencionando una compañía de vuelo: Rayanair.

Se encontraron un bar-restaurante de carretera, eso de los que le gustaban tanto a Idoia. Allí había unas sesenta Harley Davison aparcadas en doble fila unas tras otra. Idoia soñaba con tener una. En su momento, se lo hizo saber a Roberto y a su antigua pareja, Samuel. Pero, claro, primero quería esa caravana amplia para viajar por todo el mundo.

Allí, en ese espacioso restaurante, se tomaron unas cervezas que les sirvieron en grandes jarras, mientras que las tapas (estofados de ternera, pollo al curri, pimientos de piquillo, porra, o más conocidas en esas tierras como salmorejo, plato típico Córdoba…) ya estaban en marcha, y en 10 minutos estaban todas puestas en la mesa.

Roberto tenía una gran sorpresa para su amada esposa.

—¿Qué será? —se preguntó Auxi mientras se miraban las chicas unas a otras en la mesa alargada de 6 personas. Los chicos mantenían silencio.

Roberto le comentó por privado a Víctor la sorpresa que le tenía guardado a Idoia. Este, sorprendido, le contestó:

—Qué pedazo de regalo, le va a encantar, ya la escuchaste.

Sí, era una furgoneta roja que consiguió gracias a un amigo suyo que se dedicaba a la mecánica. Roberto le hizo saber que le gustaba esa furgoneta y este se la guardó hasta que le arreglase los desperfectos y, posteriormente, se la vendió.

Víctor lo ayudaría a mantener el secreto y a distraer a Idoia.

—¿Cuándo se la va a regalar? —preguntó Víctor con disimulo por vía SMS.

—Pues… depende de la hora a la que lleguemos a Málaga, se la doy este mismo día o mañana por la tarde.

Ambos se miraron y sonrieron nítidamente.

Al llegar a Granada, hicieron otra parada para degustar esas tapas con unas cañas que iban incluidas en el precio de aquellas. En el centro de la ciudad, un clima caluroso invitaba a estar en la terraza. Allí estuvieron mientras Idoia hablaba por teléfono con su iaia Carmen, y pocos segundos después, con su tía Mery para desearle un feliz cumpleaños.

—Ya lo celebraremos cuando vaya a verte, tía Mery. ¡Te amo!

—A lo grande, Idoia —dijo entre risas—. Muchas gracias, cielo, yo también te amo.

Tras unos minutos, regresó a la mesa mientras los demás charloteaban y compartían esas ricas tapas. Las habían servido a modo de surtido para que todos pudieran degustar todas y cada. A Idoia se le enfriaban la mayoría. Al llegar a la mesa, se disculpó, como era costumbre en ella, y se sentó para, inmediatamente, tomar un trago de cerveza y dar un bocado al pimiento de piquillo.

—¡Um, qué bueno, Dios santo…!

Estando allí, el tiempo, sin previo aviso, le dio un baño de agua a toda la terraza en la que estaban ellos. Idoia y sus amigos pidieron cuenta, pagaron y se marcharon a la furgoneta para terminarse las tapas que se habían llevado en los táperes que, en este caso, Megan tenía en su mochila. se pusieron empapados en poco tiempo, aunque la furgoneta estaba a quince minutos andando, lo suficiente para no poder evitar el agua. Idoia estaba guapísima con su pelo mojado y sus ojos cambiados de color a verde más oscuro. Roberto la miraba con descaro por su atracción nunca vista.

El diluvio paró tras cuarenta minutos sin descanso. Idoia y compañía miraban por la ventana una ciudad empapada y gente refugiándose en sus casas o bajo cualquier techo seguro.

—¡Vaya pasote! —mencionó Lara—. Tras la lluvia, estoy empapada

—¿Y quién no? —Se señaló Idoia mientras se secaba el pelo con la toalla—. No miréis, me cambio de pantalones y camiseta.

Idoia echó la cortina y rápidamente se puso unos pantalones cortos negros y una camiseta de mangas tirantes blanca, con la cual se le veía el top, pero eso a ella no le importaba, ya que había confianza de sobra.

Tras tres horas y cuarenta minutos, entraban por la ciudad de Málaga a través de la zona del puerto de la Torre, dirección avenida Carlos Haya, mientras escuchaban Dire Straits. Idoia invitó a Megan a que tocara la guitarra que le prestó para esta canción: *Sultans Of Swing*.

—¡Guau! —Se quedaron boquiabiertos al escuchar el punteo y cómo tocaba la guitarra.

—¡Es flipante! —dijo Tim enamorado de ella mientras la miraba con ojos de querer besarla.

—¡Esa Megan, cómo mola!

—Weeeh. —Rieron todos mientras la felicitaban los chicos y Auxi y Paola; esta última estaba emocionada de verla tocar con tanta garra.

—Oye, hoy, que es domingo, ¡vamos a bailar a la Farándula!

Aunque la mayoría no sabía bailar salsa ni bachata, ahí estaban Idoia y Roberto con la ayuda Auxi para enseñarles.

Fue una noche llena de risas donde aprendieron rápido y algunos más que otros. Con soltura, se aprendieron nuevos pasos inventados que guardaron para los próximos bailes.

Al día siguiente, tras reunirse con antiguos compañeros, jugaron en la playa al voleibol y luego fueron a tomarse unos helados a la otra punta de Málaga, en Teatinos, a la heladería Kalúa.

—¡Mmm, qué rico ese Carapino!

Ese lugar era nuevo para Paola y para Susan, donde estaban la mar de bien. Eran las 15:00 h; la terraza estaba llena de clientes. Paola hizo unas fotos para enviárselas a Ronald, su padre; de esa forma, vería la cantidad de helados que se estaban comiendo y lo bien que estaban.

—¡Guau, qué apetitoso todo, hija! Dentro de un mes voy para allá.

—Sí, aquí te esperamos —contestó su hija emocionada y con ganas de verlo.

—Eh, Paola, dale un cordial abrazo de nuestra parte —pidió Idoia.

—¡Papá, saludos de las chicas!

—¡Igualmente! Por cierto, ¿cómo llevas los amores?

—Esa pregunta, papá… Lo sabrás cuando llegues. Nos llevamos muy bien; además, hemos formado un buen grupo.

—¿Y la boda de Idoia qué tal?

—Fascinante, papá, tendrías que haber venido.

—No pude, hija, por tema de trabajo, tú lo sabes. Bueno…, dentro de dos semanas nos vemos allí y le llevaré sus pertenecientes detalles, que es una dulzura de mujer.

—Vale, papá —respondió—. ¡Te quiero! —añadió con todo el amor del mundo.

—Y yo a ti, hija. —Paola colgó emocionada y abrazó a su querido amigo Jose.

El partido de voleibol fue de lo más lindo. Era el último partido antes de marcharse los chicos a jugar con la selección española. Tres de ellos habían sido seleccionados: Roberto, Andreu y Álvaro.

Idoia y sus amigas preparaban pancartas de ánimo dese hace semanas para acompañarlos y animarlos como las que más. En el primer partido se enfrentaban a Italia, esos italianos que, en el último campeonato, llegaron a semifinales y fueron derrotados por Brasil. La selección española de voleibol quedó eliminada por Argentina en los cuartos en un partido muy igualado. Esta vez, iban a por todas y con más experiencia.

Jugarían en Benidorm el campeonato clasificatorio para el mundial por primera vez en la historia, el 12 de julio, durante dos semanas intensas.

¡Empieza el campeonato clasificatorio! Idoia y sus amigas abanderaron la tela roja y amarilla al vaivén de la brisa que acompañaba en las gradas.

Tras un partido durísimo y muy disputado, España venció a los italianos por tres sets a dos (primer set: 28-26; segundo set: 25-23, este más llevadero. Después, empatarían los italianos a 2 sets con una remontada temible, pero los españoles se impusieron en el último set 26-24). Gran victoria y muy importante con vistas al siguiente partido contra los canadienses, que se disputaría al día siguiente. El grupo iba de esta manera:

España 3
Suecia 3
Italia 0
Canadá 0

¡Vamos, España! Si conseguían la victoria, se aseguraban el pase al mundial del año siguiente y…, efectivamente, así sucedió. El tiempo acompañaba por el tema del sol. A ningún equipo le molestaba, pero la brisa elevada incomodaba las piernas de los jugadores. España venció por 3 sets a 1 de manera diferencial y cómoda, aunque se adelantarían los canadienses; Idoia pensó que fue por un exceso de confianza por parte de los jugadores españoles.

Estando en la grada, Idoia tenía la guitarra y, en el descanso, se les ocurrió hacer una canción para los jugadores tipo himno, y la verdad que fue pegadiza. Se animaron muchos aficionados españoles y se unieron al cante. Idoia tenía ese don para sacar canciones (aunque las chicas también participaron), a lo que se añadía su voz nítida y aguda, que estremecía todo. Los chicos alucinaban, aunque Tim sí que tenía el corazón en dos banderas: su país, Noruega, y España. Aquella jugaba contra

Francia, donde los noruegos, altos, hábiles y fuertes, ganaron la partida por primera vez en la historia a los franceses 3 sets a 2, bastante disputado. Con una pizca de suerte, se llevaron el triunfo. Tim estaba muy feliz y deseaba coincidir en el partido contra España.

—Oye, Tim, ¿te imaginas que pasan Noruega y España al mundial?

—Sería una pasada —dijo Tim—, aunque no sé qué haría si se cruzasen en el campeonato.

Idoia lo miró y se mofó.

—España le metería una pelfa, y mi Roberto, *MVP* del partido, ji, ji, ji. —Tim la miró y la achuchó cariñosamente; tan solo con su brazo casi la cubría entera.

Noruega iba muy bien, había ganado los dos partidos y estaba clasificada, este segundo contra Polonia, un duro rival y actual campeona del mundo.

Aquí, España, al ver el resultado y también clasificada, debía tener mucho ojo y respeto a los noruegos.

Dentro de un año, cuando Idoia terminase su carrera, se celebraría el campeonato del mundo, que se celebraría en Portugal.

15. CULTO PROVERBIO

Era cuestión de tiempo que todo pasara, y entre tantas cosas, una de ellas fue el casamiento de Auxi y Víctor, pero también se animaron… Idoia y Roberto de nuevo, sin convite ni nada, solo vestirse y por querer estar acompañados y celebrarlo con sus amigos.

Celebraron la boda en el Muelle 1, junto al mar y todo el paseo. Invitaba una buena música y un relajante ambiente. Estaba siendo un verano bastante intenso (voleibol, bodas, viajes, clases particulares de guitarra…), pero todo se haría. Roberto y sus amigos seguían practicando voleibol con las *supergirls* y con otros equipos federados.

Idoia se sacaba un dinerito necesario mientras enseñaba guitarra a los chicos y las chicas preadolescentes y adolescentes del conservatorio, y también de su barrio.

Ese mismo verano irían a celebrar la luna de miel los cuatro: Roberto, Idoia, Auxi y Víctor a Bruselas y a Marruecos. Un viaje en barco donde disfrutaron mucho, aunque la alta marea y el oleaje hicieron que Idoia se marease. Lo pasó fatal. Estaban por desembarcar en algún punto seguro.

—¡En la vida lo he pasado tan mal, joder! —Auxi la animaba y la tranquilizaba, aunque de vez en cuando le soltaba alguna broma para mofarse de ella—. Tía, boluda, no te rías… —A Idoia se le escapaba una ligera sonrisa avergonzada mientras se recogía el pelo con un moño.

Al cabo de cuatro horas de viaje, pararon en Middlekerke, un pueblo costero, desde donde tuvieron que coger un blablacar hasta Bruselas, la ciudad soñada. Un viaje que hicieron vestidos de novios en pleno mes de julio.

Una vez en la capital de Bélgica, se tomaron un descanso en un pequeño bar estilo árabe. Es extraño, pero sí, o tal vez fue casualidad. Se tomaron unas infusiones. Idoia observaba una tienda de accesorios para ropa y se fijó en un cinturón marrón y unas medias que conjugaban con una minifalda de cuero que tenía en su armario.

Caminaron durante 25 minutos arrastrando las maletas mientras disfrutaban de los rincones de la ciudad. Hacía un clima templado, aunque el cielo estaba grisáceo; apenas pasaban los rayos del sol. A lo lejos se visualizaba el hostal donde reservaron para esa semana, justo para después regresar a Marruecos, más concretamente, a Tánger, esa ciudad que tanto les gustó cuando la visitaron.

En Bruselas, Idoia disfrutaba de las cervezas por su sabor peculiar, así que no dudó en comprar unas cuantas para reservarlas en su frigorífico y compartirlas con su pareja y sus amigos.

Las habitaciones se componían de dos camas de matrimonio enorme, un baño, un salón, una cocina y una terraza que tenía una mesa y cuatro sillas. Estaba adornada al estilo renacentista. Se hospedaban allí mientras compartían unos sándwiches mixtos con las cervezas peculiares de la capital.

Qué bonita es Bruselas. Se fotografiaban Idoia y Auxi en la terraza mientras sus amantes estaban preparando la cena y acomodando la mesa. Esa misma noche, mientras cenaban a gustito en casa con el ventanal de la terraza abierta, veían la peli *En la Toscana*.

A la mañana siguiente, Idoia preparó el desayuno y lo llevó a la cama junto con su amado. Este estaba despierto en posición *semifowler* tapado con la sábana blanca de verano hasta la cintura. Se besaron mientras el desayuno estaba colocado en la mesa portátil, que adornaba la habitación. Al poco tiempo, tras unos jueguecitos, se pusieron a desayunar la rica tosta de pan con mantequilla y mermelada, además de la taza de café.

—¡Um, qué rico, amor! —expresó saboreando el primer bocado.

Sonó el teléfono de Idoia. Un mensaje de Auxi:

—Buenos días. ¿Vamos a visitar la ciudad?

—Sí, desayunamos, nos arreglamos y vamos.

—En eso estamos nosotros, je, je, je. miraremos Gran Place, la catedral de San Miguel y Santa Gúdula de Bruselas, galerías reales de Saint Hubert… y, al día siguiente, iremos a Marruecos.

Eran las 15:00 h y aún no habían almorzado, ya que se demoraron al visitar las galerías reales de Saint Hubert.

Llovía con suavidad y continuidad. Parecía un mes de febrero, aunque frío no hacía. Fueron a un pequeño establecimiento de comida marroquí donde había pan de pita, *shawarmas* auténticos y ensaladas de frutos secos con cilantro y cítricos, entre otras variedades de verdes.

Sonó el celular de Idoia con el tono de una de las canciones de Pablo López, *Quasi*. Roberto y Víctor visualizaban el *stand* de artículos de referencia de la ciudad de Bruselas.

—Sí, dígame.

—Hola…, soy Samuel.

—¡Hola, Samu! ¿Qué tal estás? —Y antes de que contestara a la pregunta, dijo—. Uy, me pillas mal, estoy de viaje, ¿qué necesitas? ¿Te parece que te llame a la noche?

—¿Por dónde estás viajando? —preguntó con interés Samuel.

—Estoy con mi esposo en Bruselas y con Auxi y su reciente esposo celebrando la luna de miel.

—Tenemos mucho de lo que hablar —respondió Samuel. A la vez, asentía Idoia.

—Totalmente, amigo. ¡Me alegra saber de ti!

—Igualmente. Adiós, guapa.

—Chao, Samu.

Roberto y Víctor aún estaban echando un vistazo a un quiosco que tenía esos artículos que a Idoia y a Auxi les encantaban.

—Nena, mira. —Le colgó un collar de una pluma que significaba fuerza, generaba energía positiva y tranquilidad.

—¡Guau! —exclamaron las chicas mientras Idoia lo miraba y, tras esa expresión, lo besó—. ¡Te como tus huesos, moreno!

Por otro lado, Víctor, esperando su momento, le regaló una pulsera que significaba fortaleza, amor propio y limpieza espiritual, para que los malos momentos no se apoderasen de Auxi.

—¡Ay! —Víctor le ponía la mano en el glúteo derecho, con suavidad, mientras se besaban apasionadamente.

—Bueno, es momento de coger las maletas y descansar —dijo Idoia tras un bostezo

—Sí, me encanta, y así, a quien le apetezca, jugamos a la oca o al parchís.

Regresaron y se acomodaron. Los únicos que se quedaron despiertos fueron ellos tres, menos culo inquieto.

A la mañana siguiente, a las 07:00 h, salía el barco con destino a Marruecos, sumándole la media hora de desplazamiento a pie con las maletas hasta el puerto.

—¡Última pose!

Todos se pusieron con la lengua hacia fuera, con el dedo pulgar algunos, y otros con el brazo hacia arriba y la palma de la mano abierta. Detrás, allá, en el fondo, se veían las luces de la ciudad y el reflejo en el mar. Hacía una temperatura fresca: todos llevaban una sudadera con gorro y unos pantalones finos, además de calzado deportivo.

Llegó la hora de montarse en el barco. Idoia no quería pensar en el viaje de ida, ya que lo pasó muy mal, así que, antes de montar, miró en su aplicación a través del móvil el tiempo. La suerte la acompañaba y durante tres días el mar estaría en calma y los días serían soleados.

Tras un largo viaje lleno de momentos inolvidables de baile, de fiesta ibicenca, de juegos populares…, llegaron a la costa de Marruecos. Esa primera vista al ver ese mar, por donde no hace mucho tiempo disfrutaron, los llenó de nostalgia y, a la vez, de mucha ilusión por aprovechar de nuevo esa cultura que a Idoia, en especial, le encantó. Roberto y Víctor veían en su pantalla del teléfono móvil los partidos famosos de la selección mientras que ella se duchaba en la planta de arriba del barco. Auxi la esperaba justo en la puerta mientras cantaba la canción que su amiga escuchaba: *It's my love*.

—Vamos, culo inquieto.

—Salgo en dos minutos, chiqui.

Tras 20 minutos, Idoia salió de la ducha. Estaba espectacular con su pelo suelto, una camisa de cuadros verde y azul con un nudo en el abdomen, unos vaqueros pegados y unos botines marrones.

—Aquí mismo te espero, Auxi.

—*Okey*, tardo cinco minutos, culo inquieto.

Habían pasado horas desde que habían llegado a tierras musulmanas. Las dos parejas iban con Sara y Fidel; estos les hicieron una guía turística hasta llegar a Marrakech. Eran las 15:30 h y hacía un calor tremendo. Todos iban con turbantes y finos trajes llamados *thobe* o *thaub*.

131

Llegaron a un restaurante. Idoia, cansada, fue al servicio, se echó agua en la cara, se mojó un poco el pelo y se lo arregló de nuevo. El turbante se lo había quitado para estar más cómoda para comer; lo mismo hizo Auxi.

Allí tomaron una auténticas ensaladas de canónigos, dátiles, carne kebab y tomate Cherry, condimentadas con una mezcla de especias autóctonas, limón y aceite.

—¡Um, qué rica!

Todos se miraron y asintieron a esa gran verdad; mientras, Idoia cogía regañás, que eran pequeños panes crujientes de sémola, originarias de la gastronomía musulmana. Después, se pidieron el postre, *baklava*, acompañado de un té moruno.

A las 20:00 h fueron a visitar la ciudad en la ranchera de Fidel. Se hospedaron en su casa.

—¡Gracias, Fidel, gracias Sara! —comentó Idoia amablemente, como siempre. Por otro lado, Sara cocinaba la cena: quiche de espinacas y queso. Fidel les enseñaba la casa a los invitados. Se quedaron en la terraza un buen rato, pues daba al Mediterráneo y a muchas aldeas de la zona.

Vivían en un lugar seguro, aunque de lejos se escucharan sirenas constantemente por los conflictos de los países vecinos.

Tras casi 24 horas, Idoia recibió una llamada de Samuel.

—¡Holaaa! Primero, pedirte disculpas por no haberte llamado ayer, estaba más liada que la pata de un romano. ¿Conoces ese dicho?

—¡Pues claro! —respondió Samuel riendo—. ¿Te crees que me he caído de un pino? Además, es muy antiguo, culo inquieto.

Esa expresión hizo a Idoia recordar aquellos momentos. «Y… ¿por qué no ser amigos?», se preguntó Idoia. Siguió hablando:

—Segundo: me alegré de escucharte el otro día. Tercero: quiero que nos veamos.

Samuel prefirió continuar contando sus proyectos (ignoró la propuesta de verse con Idoia) y, al final, añadirlas.

—No tienes nada por lo que disculparte. Sabía que me llamarías al ver que no podrías, y de hecho me alegra que lo hayas hecho…

—Hombre. —Alargó esa «e» más que nunca, y es que las cosas pasan y deben pasar sanamente. Samuel, tras varios segundos de silencio, suspiró y asintió—. Así es, Idoia…, y mi clamoroso error por ser…

—¿Imbécil? —se mofó Idoia.

—No; bueno, sí. Quería decir capu… —Lo cortó su primera amada.

—¿Capullo? Si tú lo dices… Pero oye, ¿no le estarás dando vueltas al coco?

—Se las di y hace tiempo que acepté todo. Prefiero contar contigo como amigos.

Otros segundos de silencio que olían a placer y armonía.

—¡Pues claro que sí! —Le dio un soplo de vida retomar esa amistad de tantos años que hace unos meses se fue al garete.

Hablaron de miles de momentos durante 40 minutos. Mientras tanto, Roberto y Víctor hablaban con Fidel en otra de las terrazas, tumbados en la hamaca.

Idoia fue en busca de su esposo. Sara no estaba, pero la cena estaba preparada; se ve que fue a visitar a su padre e invitarlo a casa a cenar su manjar.

—Hola, prendas, me llamo Fred.

—Encantada, Fred, yo soy Idoia.

Se presentaron todos con un apretón de manos, como era costumbre. Tras la presentación, se sirvieron la comida en sus platos.

En el centro de la mesa había carne de vacuno asada, un auténtico manjar. empezaron a degustar esos ricos platos mientras se hablaba, pero muy poco. Pensó Idoia: «Qué cultura tan rara, con lo sano que es hablar y ser extravertido…». Al igual que llevar turbantes para desprestigiar a la mujer; eso la volvía loca. En ese momento, hizo un análisis de casi todas las costumbres mientras miraba a Roberto y, por debajo de la mesa, se toqueteaban con los pies.

—Mañana vamos a la costa a pescar. —Fidel los invitó a ir con la barca que heredó de su suegro Fred. Ese día fue magnífico; aprendieron a pescar con red y fotografiaron todo. Para Idoia, todos esos momentos debían ser inmortalizados. Pescaron atún, corvina y cuatro merluzas. Los pescados grandes los pusieron a secar y curar entre sal y limón junto con su hielo alrededor. De esta tarea se encargaban Idoia y Auxi con la ayuda de Sara, mientras que los hombres, con la ayuda de la red, pescaban para dos días.

A Idoia le daba, en principio, asco eso de ver sangre fresca y el olor fuerte a pescado… Se adaptó pronto pensando solo en ayudar; así, se acostumbraría tras ir varias veces a este tipo de pesca.

Pasaron una semana de pesca y conociendo nuevas costumbres. Aunque con algunas no estuviera de acuerdo, Idoia las respetaba.

Las fotos que hacía se las pasaba a sus padres y a su amigo Samuel antes de verse en Málaga.

¡Un viaje de luna de miel fantástico!

Vuelta a España.

16. PUNTO Y APARTE

Agosto, un mes movidito, donde, al regresar a Málaga, quedó la familia de Idoia para ir a visitar a la abuela a Tarragona. Sería el día 5 de agosto; fueron a visitarla y pasaron allí cinco días, donde se reunió toda la familia de Idoia. Esta se fue con sus primas a la Costa Dorada a conocer todos esos rincones irreconocibles. Gracias a sus primas, jugaron al voleibol playa, tomaron el sol e hicieron fotografías. A su prima Sandra, la mayor de las dos hermanas, y más pequeña que Idoia (le sacaba un año), le encantaba el mundo de la fotografía y el diseño gráfico.

—Y tú, ¿adónde vas? —preguntó Idoia a su prima Dulce.

—Voy con mi novio. Ven, te lo presento.

Idoia prefería quedarse y que, cuando regresase su prima, se lo presentase; así lo hicieron.

A la noche, festejaron una comilona familiar todos los tíos y tías y primas de Idoia por parte de madre. Se juntaban otra vez en menos de un año, lo cual hacía feliz a Idoia y, en especial, a Carmen, su iaia, que aún reconocía los olores de cada uno.

No tenían un porqué para reunirse, solo pasar momentos unidos, porque la filosofía de Idoia era vivir intensamente, sin morir, pero con pasión. Fue una noche de mucho humor, donde también hubo alguna tensión por algunas cuentas sin resolver desde hacía años. Esto no le hacía gracia a Idoia; pensaba que debía solucionarse para tener una sana relación familiar. Pero, a veces, la justicia no estaba de acuerdo con las opiniones de cada uno de sus tíos.

Prefirió uno de ellos no colaborar para sanar esa situación, y eso que la mayoría, salvo él, estaba de acuerdo…

—Yo opino que la casa de la iaia se la deben quedar las hijas que han estado cuidándolas al 100 %, y mira qué reina está la abuela. Es mi opinión.

Todos la miraron y se impuso un largo silencio. Esa pequeña reflexión hizo que su tío Miguel, que no estaba de acuerdo, aceptara el trato.

Punto y aparte. Todo quedó solventado. Toda la familia fue a cenar antes de ir a la gala de encuentros cultural en La Rambla de Barcelona. Allí se encontrarían a numerosos escritores y escritoras junto con actores y actrices reconocidos internacionalmente.

Idoia, junto con su amigo Toby, estaba sentada en un banco. Cenaba un sándwich mixto mientras que Toby comía pienso de cartílagos con verduras asadas que su tía le dio para que el animal aprovechase ese resto sobrante y no se tirara a la basura. A Toby le encantaba esta comida.

Idoia retomaba su vida en el mundo laboral. Llamó a su antiguo jefe, con el que trabajó hacía años en una heladería de Málaga, heladería Kalúa. Tenía muchísima diversidad de sabores de helados, tanto en tarrinas pequeñas como medianas, cucuruchos pequeños y medianos, sándwiches de helado, además de las bebidas refrescantes, desde batidos de frutas caseras hasta las latas de Fanta, Coca-Cola… Idoia, tras hablar durante veinte minutos, logró cerrar y pactar un acuerdo mediante el cual empezaría la semana que viene, de jueves a domingo, con un turno de 8 horas. Idoia, superagradecida, le dio las gracias. Le vendría genial para costearse sus estudios; tan solo le quedaba un año para acabar… Besaba a Toby mientras esperaba que su familia regresase de la visita cultural y de dar un paseo a pie de playa.

Idoia tenía un plan: trabajar en una clínica hospitalaria y dedicarse a cardiología, ya que se había decantado hacía semanas. Además, su padre conocía a la gerente del hospital y se llevaba muy bien con ella. Ya conocía que Idoia estaba formándose al cien por cien para ello; también era consciente de que era una estupenda chica. Pero antes tenía que trabajar duro para seguir estudiando y terminar su promoción; después, le quedarían cuatro años más para la especialización. Todo seguía viento en popa, aunque este mes de agosto estaba siendo bastante duro a nivel laboral y social: no veía apenas a su esposo y no sacaba tanto a Toby. Su prioridad era el trabajo, descansar y pasar con la familia el resto del tiempo.

Sus *supergirls* también estaban trabajando para costearse los estudios, pero, aun así, mantenían el contacto las unas con las otras gracias a WhatsApp.

En ese día tan caluroso, mientras Idoia servía al exterior, se encontró con su esposo, su suegro, su suegra y su nueva mascota, Micki, un pastor alemán que aún era un cachorro (tenía tres meses). Esa sorpresa le dio alegría a Idoia, y para más alegría, al acabar la jornada laboral, su esposo tenía un regalo que darle. Roberto la esperaba en su coche e Idoia salía de su trabajo. «¡Uf, vaya día de no parar!».

Sonó el teléfono… Idoia lo miró. Era un mensaje de su esposo: «Nena, estoy en el coche justo enfrente de tu trabajo, vente para acá».

Ella levantó la cabeza y con un gesto de alivio y de alegría se acercó al coche, besó a su chico y se sentó en el asiento del copiloto.

—Dime, moreno —dijo intrigada.

—Cierra los ojos, culo inquieto, te va a gustar.

Mientra cerraba los ojos, Roberto le colocaba un lazo envuelto delante de sus ojos con un nudo suave en la cabeza.

—Pero… ¿qué estás haciendo? —exclamó Idoia—. Voy a vomitar. Hizo el amago como si lo fuese a hacer—. ¡Te mato…!

Rieron los dos, y aunque no se vieron, simplemente, con el giro de cabeza hacia el mismo lado, supieron qué expresiones pusieron. Tras unos diez minutos, Roberto aparcó el coche y con cautela susurró a Idoia.

—Nena, te voy a quitar el lazo despacio. Cuando diga, abre los ojos.

Idoia aceptó mientras le agarraba la mano con caricia incluida. Fue de las mejores noticias inesperadas de su vida.

Idoia y Roberto tenían una casa donde compartir toda esa vida interesante e inquietante; así se la presentó su amado. Estaba alucinando. Idoia, emocionada, lo abrazó y se echó su cabeza en el hombro.

Al cabo de un rato, tras enseñarle la casa ya terminada y enlucida, regresaron al coche. Ambos cogían más fuerza y solo faltaba seguir trabajando duro para hacer sus sueños realidad: vivir una vida juntos.

Al llegar a casa de sus padres, Idoia los abrazó, besó a Toby y se fue para la ducha mientras dejaba caer:

—Papis, tengo que deciros algo muy bonito.

Ambos se miraron con el entrecejo fruncido y una sonrisa dibujada. Idoia se puso el pijama de verano de Hello Kity y se sentó en el sofá para acariciar a su perro. Mientras, su madre preparaba la cena y Martino ponía la mesa. Idoia se levantó, abrió el frigorífico, cogió unas cervezas y la puso encima de la mesa.

—¿Y esto? —preguntó su padre un tanto extrañado por aquella acción.

—¡Cena terminada! —dijo Esther con alegría—. ¡Ala! Si es que he tenido a quien salir.

Reía Idoia siempre con esa alegría. Martino se sentaba en la silla esperando la rica tosta de secreto con queso de cabra y cebolla caramelizada, y, por otro lado, un plato hondo de ensalada templada. Empezaron a contarse cómo habían pasado el día; Idoia les habló de su nuevo trabajo. Llevaba tres días y ya sentía el cansancio en sus pies. Mientras Martino y Esther fueron a disfrutar de la playa con sus amigos, los padres de Lara, junto con Toby y Ted, hicieron buenas migas.

Idoia tenía esa noticia que contarles. A la vez, no sabía cómo decírsela porque aún no llevaba ni dos años de trabajo continuo, pero sabía que Roberto daría su vida por ella.

—Roberto me ha enseñado una casa… para que me vaya con él a vivir.

Los padres se miraron mientras tomaban el último sorbo de cerveza…

—Hija —dijo Martino apretándole la mano y con una sonrisa estremecedora—. Me alegras ese paso. Te vamos a apoyar, aunque nos duela el vacío que va a causar en casa… ¿Quién nos va a despertar con tanta ilusión cuando nos quedemos dormidos…? ¿Quién hará esos ricos desayunos…? ¿Y Toby? —Mientras, su mascota le lamía las piernas y se le echaba a los pies. Pero su madre, sin palabras, la abrazó.

—Yo pienso como tu padre, hija mía, aunque nos duela, pero nos sentimos muy orgullosa por cómo eres.

Idoia, con lágrimas en los ojos, dijo:
—Pero… aún queda para irnos. Quedan los muebles, la instalación eléctrica…

Le envió un mensaje a Roberto con la buena reacción de sus padres. Ambos se enviaron corazones mutuamente.

—Hasta mañana, mi amor. Después del trabajo te recojo.
Idoia aceptó.
—Que tengas tú un buen día de trabajo. ¿Sabes? Echo de menos esos partidos de voley playa…

Claro, entre los viajes, la visita a Reus y el trabajo, ya había pasado un tiempo.

—Ya tendremos tiempo para compartir, preciosa. Yo te echo de menos a ti y tu pedazo de saque.

—Ja, ja, ja, ja —Rio Idoia—. Y yo esos mates tan potentes con tu culo apretado que me pone tanto…

Ambos rieron y se despidieron con un grato beso y dulces sueños.

A la mañana siguiente, Idoia había quedado con sus amigas Megan y Lara para tomar el desayuno antes de que la culo inquieto y ellas entrasen a trabajar en sus respectivos trabajos. Las tres trabajaban cerca las unas de las otras: Lara trabajaba de camarera en un bar-restaurante, Megan trabajaba de intérprete de idioma de inglés e Idoia es camarera en la heladería.

Así se solían ver las chicas, por separado y con poco tiempo que compartir. Lo más importante no es verse todos los días, sino que todo sea leal, igual de intenso que una verdadera amistad.

Ese día, la heladería se llenó de tres cumpleaños de niños. En menos de veinticinco minutos, se llenó toda la terraza exterior y la de dentro. Habían reservado para evitar problemas. Parecía el convite de una comunión: todo blanquecino y azul cielo, o un aula de 25 alumnos, todos gritando. Una auténtica locura: chillidos por ahí, chillidos por allá…

Fue un día muy intenso, donde las horas pasaron rápidamente, sin quitar el estrés incluido por la demanda de los clientes, algunos exigentes y otros que agradaba atenderlos. Cerraron a las 22:30 h, ya que, al día siguiente, tenían dos cumpleaños que celebrar, además de que no había clientes a los que atender. Idoia estaba tan cansada que se soltó el pelo para atárselo de nuevo. Suspiró, fue al baño y se echó agua en la cara. Al salir, se fue para la nevera y cogió un Aquarius de naranja. La abrió, le dio un sorbo y siguió con el trabajo. Quedaba recoger y limpiar las dos terrazas, donde parecía que no habían comido nunca helados: mesas manchadas, servilletas envueltas de helados de chocolate, sillas manchadas, desorganizadas… «Cosas de críos», pensó Idoia.

Al salir del trabajo, lo esperaba su amado. Estaba deseando verlo y descansar en su coche junto a él. Se fueron a pasear a la playa, aunque era tarde, pero los necesitaban ambos. Compartieron futuros proyectos; Idoia tenía el más grande de su vida: sacarse esos estudios de Medicina y trabajar en planta de cardiología. No era moco de pavo. Por otro lado, Roberto, con su trabajo de administrativo, también tenía el proyecto de llegar lejos en el voleibol playa con la selección española absoluta. Faltaban cinco meses para empezara el campeonato del mundo.

Tras un momento de silencio, se abrazaron y se besaron.

—Para, para —le pidió Idoia—, estoy cansada.

Roberto la miró con comprensión. Ambos se fueron para el coche y su amado la acompañó a su casa.

—Buenas noches, vida, moreno mío.

—Buenas noches, culo inquieto. —Mientras, le colocaba la palma de la mano suavemente en el glúteo cuando ambos se besaban.

Al llegar a casa, Idoia, como de costumbre, saludaba a sus papis y besaba a Toby. Se fue a la ducha. Esa noche se pusieron todos guapos y salieron a cenar fuera, al bar del barrio. Idoia descansaba los próximos tres días, así que podía dedicarse más a ella y a los suyos. Se pidió unas *pizzas* a la barbacoa y vegetal para compartir con sus papis y, de bebida, una cerveza, esta vez, sin alcohol. Sus padres tomaron Aquarius de naranja.

Eran las 09:00 h cuando Idoia se encontró con Samuel en la plaza la Marina sentado en un banco.

—¡Ey, Samu!

—Hola, guapa, ¿qué tal?

—Estoy esperando a mi chica, hemos quedado para pasear.

—Yo a pasear con mi Toby.

Mientras, Samu lo acariciaba; Toby estaba receptivo.

—Espera, te la presento.

Idoia esperó unos minutos.

—Hola, buenas.

—Hola, Estela. —Se besaron—. Idoia, esta es mi pareja.

—¡Encantada! —le dijo Estela.

—Esta es Idoia. Fue mi primer amor, del que te hablé, y es mi amiga.

—Ah, sí, Idoia, una chica muy maja.

La aludida sonrió y, agradecida, le tendió la mano.

—¡Encantada! —le respondió Idoia y se besaron en las mejillas.

Idoia fue a dar una vuelta al paseo marítimo, cerca de la plaza de toros, mientras que Samuel y Estela fueron a desayunar a un bar recién abierto cerca de la plaza la Marina. Iban a degustarlo.

Tras un largo paseo, Idoia y Toby se pusieron cómodos en casa. Se puso a estudiar para ese último año que con tantas ganas cogía. Le tocaba la asignatura de Análisis y Gestión Clínica durante tres horas. Leyó sus libros, copias, buscó información por internet… Dichoso internet.

—Se acabó por hoy, punto y aparte —se dijo Idoia. Se fue a ver una película con su amiga Auxi al centro comercial La Rosaleda. Elegirían cuál iban a ver una vez estuvieran allí.

17. UN MANJAR

Tras varios meses de trabajo que al final dedicó Idoia en la heladería, se dedicó fuerte a sus estudios, también al voleibol playa y a compartir tiempo con Roberto.

Roberto le enseñó, tras un partidillo en la playa, fotos de los cambios y compras que había hecho para la casa. A Idoia le encantó donde quiso disfrutar de esa noche junto a él: en su casa. Ya tenía luz instalada y tenía un microondas que le regalaron sus padres.

Roberto vivía justo encima de la casa de sus padres, que tenía dos plantas. Una casa llana, con dos baños, un salón, una cocina, tres dormitorios y una terracita de 10 metros. En la segunda planta había una terraza amplia con piscina y un ático. Idoia había visto toda la casa y se quedó asombrada por todo su esfuerzo y lo elegante que estaba todo. Estudiaba fuerte, como siempre, pero no quería perder ni un minuto por la dificultad, que requería mucha dedicación. Todas las chicas iban estupendas en la carrera que eligieron hace 6 años.

Ese mismo año, en el mes de junio, justo un fin de semana antes del campeonato de voleibol playa que se celebraba en Benidorm, se casaba Paola con José, y más tarde, Susan y Andreu se casarían el 11 de septiembre. Mientras, Idoia pensaba cómo organizarles la boda a sus mejores amigas. Era evidente que se sumarían todas las chicas y los chicos junto con los familiares para montarles una boda por todo lo alto.

Idoia también veía más cercana su marcha de casa para irse a vivir con su amado Roberto. Como era lógico, por una parte, no quería marcharse por no dejar a sus padres solos ni a Toby dormir solo en su iglú en la habitación.

Idoia fue a despejarse a la calle, donde había quedado con su esposo Roberto. Se sentaron en un banco y empezaron a hacer planes para amoldar la casa a sus gustos. Ella pensó en llevarse a Toby a casa de él; a este le hizo mucha ilusión.

—¡Pues claro, morena! Tráetelo con nosotros —respondió tras preguntarle—. Además, es muy majo.

—Espero que mis padres me dejen —comentó Idoia.

—Yo creo que sí. Es verdad que le tienen mucho cariño, y encima que te vas tú, a ellos les hará mucha compañía, nena.

—Pues sí —asintió un poco dubitativa.

—Estará bien, nena. Además, siempre tienes la oportunidad de volver y visitarlos si prefieres dejarlo con tus padres.

Idoia lo miró y lo abrazó para descargar esa emoción que le generaba nostalgia.

Eran las 23:00 h. Idoia regresó a casa acompañada por su esposo. Antes de bajar del coche, Roberto le dio un detalle. Esta lo miró mientras se quedaba con cara de sorpresa.

—No, ¿lo abro en mi casa…?

Pero no tardó ni dos segundos en abrirlo y…

—¡Te quiero, amooor! —Se acercaba poco a poco a su esposo hasta conectar los labios durante pocos segundos—. ¡Me encanta, jooodeeer!

Era una falda vaquera conjuntada con una camisa de cuadros roja, verde y negra.

—¡Yo también te amo, mi vida! —Este chilló. Ella no se lo esperaba.

—¡Guauuu! ¡Te has soltado la melenaaa! —respondió Idoia. Segundos después, esta le mandaba besos a distancia. Roberto aceleró y se marchó a su casa.

Idoia, al llegar a casa, le escribía a su esposo:

—Te amo, mi vida, buenas noches.

—Yo también te amo, mi morena.

Se desconectó del teléfono y se puso a cenar con sus padres. Prepararon, entre Idoia y su padre, una ensalada de frutos rojos. Mientras, su madre peinaba a Toby tras haberle dado una buena ducha. Hablaron de la futura graduación que tenían su hija y sus amigas. Llevaría un vestido rojo con sus tacones negros y su pelo suelto.

—Roberto va a ir con traje enchaquetado negro con líneas blanquecinas y con la corbata roja, como mi vestido.

Los padres asintieron y su padre le dio un regalo antes de tiempo.

—Pero… papá, ¿esto ahora?

—Cógelo, niña, y disfrútalo.

Era una visita a Sierra Nevada el próximo invierno para cuatro personas. Idoia, entusiasmada, le dio un fuerte beso y abrazo, que lo convertirían en un flan emocionalmente. Se pusieron a cenar mientras organizaban cómo hacerle la boda a Paola y José. Decidieron montar una carpa en el recinto del pueblo. Idoia lo propuso en el grupo de WhatsApp donde, a la media hora de haberlo comentado, dijeron que no les parecía una mala idea. Así, el viaje de luna de miel sería mejor y más intenso. A ellos les encantaba Irlanda, por lo que les compraron unas tarjetas de viajes con hospedaje incluido.

Estando ya en el cuarto junto con Toby en su iglú nuevo, Idoia llamó a su amado y le contó el pedazo de regalo que le había hecho su padre. Roberto, sin dar crédito, enmudeció y…

—¿Cómo…? Pero qué pasada, Idoia, es una divinidad. Me encanta Sierra Nevada.

—Y a mí, moreno —asintió ella—. Oye, podríamos invitar a Samuel y a Mery, actual pareja de Samu, que a él le gusta esquiar.

—Ostras, ¿son parejas? —Se sorprendió Roberto con esa novedad.

—Sí, la otra muchacha se lio con otro tipo y ya pues parece que Mery y Samu se han encontrado y se compenetran muy bien.

—Ah, pues no sabía. Sí, la verdad que tienen cosas en común. Pues sí, me parece buena idea, que se vengan a esquiar y a disfrutar de ese fin de semana, que va a ser memorable.

Hablaron durante muchos minutos del viaje a Sierra Nevada del próximo invierno; también de los preparativos de la boda de Paola y José, del cercano campeonato de voleibol playa, de la graduación de ese verano y del TFG, que era lo único que le quedaba por presentar a Idoia, relacionado con el mundo del corazón y de la ciencia dentro de la Cardiología. Un manjar.

Se despidieron entre besos y emojis mostrando un amor intenso. Si por ellos fuera, si estuviesen uno al lado de otro…

Os dejo imaginar lo bonito de la vida.

Quedaban dos días para la segunda boda entre las *supergirls* y los *superboys*. Los pelos de punta y la graduación a la vuelta de la esquina. El mes iba de festejo en festejo.

Un mes caluroso. En la playa La Malagueta se encontraban Idoia con sus padres, su iaia Carmen y sus primas, Dulce y Sandra, que habían bajado desde Tarragona junto con sus padres para pasar las vacaciones en la ciudad malagueña. Allí almorzaron tortilla de patatas, empanadas argentinas con carne de ternera, ensalada de sandía, y, de bebida, tinto de verano y lo que más le gustaba a Idoia: cervezas tan frías que hasta se quedaban las manos agarrotadas. Pasaron una tarde de buceo.

—Ea, otro deporte más aprendido —mencionó Idoia mientras se secaba el pelo tras practicar durante horas junto con sus primas, que tanto aman ese deporte.

Después, fueron a merendar a la heladería en la que estuvo Idoia trabajando. Más tarde, junto con sus primas se fue a montar los preparativos de la boda, ansiosa y emocionada. Sí que estaba quedando tan acogedor y con una bonita finura y mucha elegancia. Allí estuvieron hasta las 00:00 h.

Faltaba un día. Un día en el que había mil cosas por hacer. Todas las manos eran pocas. Todo estaban allí, en el recinto del barrio, con sus más exquisitos detalles. El *catering* colocaba sus servicios, herramientas tan llamativas que dejaba a todos observando.

Menú de aperitivos:
Brocheta de frutas con pollo Villaroy
Bocaditos de salmón y queso fresco con nueces y cilantro
Bomba de carne de pollo al roquefort

Primer plato:
Sopa de verduras. Se podía tomar fría o caliente, a gusto del consumidor

Segundo plato:
Solomillo al Strogonoff con patatas bravas

Postre:
Brownie con bola de helado de vainilla
Brocheta de frutos rojos y manzana caramelizada

Una auténtica delicatesen. Esto se sumaba al ambiente musical, a la multitud… Otro día más para empezar el más especial: 11/09/2005.

Jose y Paola se marcharon de luna de miel sin esperar. Mientras, Idoia ya se preparaba para marcharse a Benidorm acompañada de sus amigas para apoyar el debut de la selección española, que se enfrentaba con Suecia. Sería un partido bastante cómodo para los locales, donde impusieron por 3 sets a 0. Segundo partido, contra Portugal; jugaba el día posterior. España ganó por la mínima ante una selección encomiable.

—¡Vamos, toros! —Festejaron mientras gritaban. El equipo español saludó al adversario con el máximo respeto y deportividad.

Las chicas bajaron a saludar a los suyos y se fotografiaron. España, clasificada a falta de un partido por disputar, que sería ante Canadá, el equipo revelación del campeonato, pues había ganado sus dos partidos. En este grupo ya estaba claro quiénes pasarían a los dieciseisavos y quiénes quedaría eliminados, aunque el tercer puesto tenía una repesca contra otro equipo de otro grupo.

Estaba siendo un gran campeonato para la selección española. Estaban en semifinales y, casualidades de la vida, jugarían contra Polonia, un duro rival, por no decir uno de los favoritos para ganar el campeonato, aunque a Idoia no le gustaba nada eso de etiquetar por simple datos o estadísticas. Un partido puede pasar de la gloria a un mal día en dos minutos.

Así pasó. España se impuso ante un gran partido de la selección. En ningún momento bajaron los brazos ni se confiaron ante ninguna situación.

Un gran partido de todos, pero el más destacado esta vez fue Tim, que sacó ¡14 puntos del saque de fondo!

—Vaya mano de Dios.

148

Así lo bautizaron las *supergirls* tras escucharlo de los comentaristas. Fue abrumador para el rival este chico de 22 años hispano-noruego.

¡Ala, a la final! Se quedaron en la playa de Levante, unas de las mejores de Benidorm, festejando esa gran victoria. La final se celebraría en esa misma playa. Un partidazo: España-Noruega. ¿Qué pasaría?

Otro manjar, y esta vez para la selección española de voley playa, donde toda la grada estaba atestada de una enorme marea roja. También había aficionados del país nórdico y de otros países, que disfrutaron de un ambiente memorable y estampado en miles de retinas.

España ganó ante Noruega. Esta vez, el equipo noruego casi les tomaría la medida a los chicos de Rafael y Desirée, que eran los entrenadores y el preparador físico, pero el potencial del equipo español... ¡Sin palabras!

Fue un partido en el que Noruega se puso por delante en el primer set, pero los españoles soportaron con dureza, firmeza y mucha concentración las jugadas del país nórdico durante el segundo y tercer sets, que ganaron ellos... España tuvo que remontar esa diferencia sin apenas permitirse errores.

Lo dejaron todo tanto uno como otros.

El marcador quedó 8-6 y España se proclamó campeona. Un primer campeonato para la vitrina del país de voleibol playa. Ganarían una gran reputación y, además, un poder adquisitivo bastante importante.

Se pasaron tres horas celebrando el campeonato soñado en la playa. Más tarde, fueron al hostal para después salir por las calles de la región valenciana. Allí, cómo no, estaban las *supergirls* enviando fotografías a los ya esposos que viajaban por las tierras de Irlanda. alucinaron también al intercambiar imágenes de esas casas medievales.

Allí pasaron las dos noches para el martes estar hospedados en la ciudad malagueña y seguir disfrutando con los suyos del campeonato. Ese mismo viernes se celebraba la graduación de Idoia y sus amigas, que, desde pequeña, han sido inseparables en todo el proceso académico. Aunque escogiesen caminos distintos, esto no repercutió en el apoyo emocional y táctico para aconsejarse las unas a las otras. es lo más valioso de la vida: una amistad verdadera, sencilla, transparente. Así le enseñaron a Idoia.

La graduación y el TFG. Idoia iba vestida con unos zapatos de tacones negros de punta de aguja, un vestido con nudo al lateral que cruzaba un hombro y el otro al descubierto, de color rojo pasión. Lo acompañaba con su chaqueta fina negra.

La presentación de esa promoción fue un espectáculo, donde Idoia y Samuel tocaron varias canciones en directo. Era de las mayores sorpresas de ese gran día. Cantaron *Dieciocho* de Dani Martín, *Si me pusiera en tu piel* de David Otero y, de Adele, *Easy on me*. Con esta última canción estremecieron a todo un público del apartamento de Medicina, donde se celebraba el gran momento de su vida para pasar a otro. En su TFG sacó un 9,8, donde se le sumaría la máxima nota por actividades varias.

Tocaba disfrutar aún más de un verano intenso, como le gustaba a Idoia. A la vez, contagiaba a los suyos. Le tocaba prepararse esas oposiciones.

18. HASTA PRONTO

Tras un gran esfuerzo de muchos meses de visita a la academia, donde pasaba prácticamente todas las horas del día junto con sus amigas, llegaría el momento de la realidad. Gracias a su esfuerzo y sacrificio, obtuvo una plaza para ejercer de cardióloga.

Tras unos días de espera para saber el resultado, Idoia, que ya había perdido seis kilos de su hermoso cuerpo, había aprobado con una de las notas más altas de la ciudad malagueña. También aprobaron sus amigas.

«¿Sería Idoia superdotada por su gran nota?», se preguntaron sus amigas, e incluso sus padres. Idoia tenía plaza asegurada. Semanas después, empezaría a trabajar en el Hospital Virgen de la Victoria de Málaga.

Esto sería un seguro de vida para poder llevar a cabo los proyectos que tanto estaba buscando, como independizarse con toda seguridad, aunque seguro en la vida no hay nada.

La luna de miel de Paola y José fue inverosímil. Ya estaban en Málaga. Las *supergirls* se encontraban en la playa de El Deo junto con sus padres y familiares, donde también disfrutaban Toby, Ted, Maya y Thor. Jugueteaban entre ellos revolcándose en la arena.

Pasaron la mañana y parte de la tarde en la playa, mientras que la iaia Carmen se sentaba en la hamaca protegida de todo rayo de sol posible. Se estaba comiendo un cucurucho de fresa y nata sin azúcar.

Idoia jugaban con la pelota de voley playa con sus amigas y sus primas Sandra y Dulce. El atardecer invitaba a estar allí hasta que llegase la oscuridad.

Se despidieron todos mientras que la familia de Idoia regresó a casa, donde allí preparó la cena en la terracita, pues invitaba esa acogedora temperatura: 22 °C. Idoia jugaba con Toby mientras hablaba con su esposo y durante un buen rato se despidieron como solían hacer.

Idoia, a la mañana siguiente, se encontró con Roberto, ya que habían planeado quedar para llevar los documentos necesarios para el cambio de domicilio. Era evidente que ambos vivirían juntos en cuestión de días. La mañana fue muy pesada. A pesar de tantas trabas, consiguieron hacer los trámites y gestiones. «Esto de la burocracia va tan despacio…», pensaba Idoia ya trabajando en la unidad del equipo de Cardiología del Hospital Virgen de la Victoria.

Había llegado a casa y se encontró una sorpresa.

—¿Y esto?

Idoia, intrigada, abrió varios paquetes que se encontró envueltos con papel de regalo encima del parador de la entradita de casa. Uno era enorme. Se quedó mirando; dudaba por dónde empezar a abrir esos paquetes.

Se emocionaba al ver esos detalles. Un pequeño juego de sábanas de verano, un cuadro de París donde salían ella y su amigo de aquel entonces y un juego de mobiliario compuesto por una mesa de salón con cuatro sillas de color beis. Estaba sola en casa porque los padres de Idoia y su amigo fiel Toby habían salido a la peluquería canina.

Esther y Martino regresaron a casa. Idoia estaba ordenando su cuarto y haciendo las maletas para ir llevándose artículos de ropa y la foto en la que salían sus padres, Toby y ella con solo 16 años de edad. El álbum fotográfico también lo echó a la cesta junto con toallas y libros de medicina.

—¡Hola, cariño…! —Inmediatamente, la cortó Idoia, los abrazó y besó a Toby intensamente. Este le bañaba toda la cara.

—Gracias, papis, cómo pagaros esto…

—Hija, estamos muy orgullosos de ti. Ya nos invitarás a una merendola —bromeó su padre.

—Por supuesto, eso está hecho, cuando queráis, papis… Y tú, Toby, también. —Lo miró con ganas de comérselo con su nuevo pelaje.

Idoia prosiguió mientras sonaba la canción, al azar, de Camila Cabello, *Bam Bam*.

Idoia, esa misma noche, había quedado para la noche de San Juan en la playa de El Palo. Iban todas sus amigas, su amado y todos sus amigos para festejar e iniciar ese verano deseado y de tantos cambios.

Estaba la playa abarrotada. Ellos se tumbaron en la arena, encima de las toallas. A 200 metros se visualizaban hogueras para festejar, pedir esos deseos y desechar esos malos deseos. Por lo general, todo el mundo deseaba paz mental, mucho trabajo y que viva el amor. Y es que, aunque el amor existe, muchas mentes no creen en él. Hay miles de personas en el mundo y, de hecho, en la ciudad malagueña no creían en eso tan bonito y necesario para todo.

Eran las 23:25 h. Idoia se acercó a la orilla y se sentó con las piernas cruzadas ante el mar. Suspiró mientras observaba la multitud y algunos fuegos artificiales sin ruido. Al cabo de unos minutos, se le acercó Roberto y la abrazó mientras hablaban a solas. Los demás chicos y chicas saltaban la hoguera. Esa noche fue mágica, no fue una cualquiera. Tenía esa chispa y magia, donde había pasado todo lo que tenía que pasar y con cambios tan significantes.

Esa misma noche, Idoia propuso hacer un viaje juntos en la furgoneta camperizada, en la Voyager.

—¿Adónde vas? —preguntó Paola por las horas, que eran inapropiadas.

—Estamos en verano, hemos terminado el curso, estamos festejando, qué más da ir y regresar dentro de…

—¿De cuánto? —cuestionó desconcertada.

—De cinco días, por ejemplo. —Auxi y las demás se miraron y aceptaron ese viaje. Paola avisó por teléfono a Ronald, su padre, para hacer saber que iba a estar cinco días fuera campeando con sus amigas. Fueron a casa y recogieron ropas, zapatos deportivos, comida y algo para distraerse, como libros, juegos de mesa y la comba.

Decidieron ir hacia las playas de Almería, concretamente, a Roquetas de Mar, y como se suele decir en tierras almerienses, Idoia tenía ardiles, que significaba que era audaz, hacendosa.

Allí acamparon la Voyager. Mery estaba de pesca desde las 07:00 h. Casi una hora y cuarto después, se le acercó el primo de Idoia, Jack, mientras Dulce, Sandra y Fernando, primo de Paola, jugaban con las cometas y a la pelota con todos los caninos, Toby, Ted, Maya, Nora y Thor. Estaban en un lugar privilegiado de Andalucía, con un agua cristalina, una brisa de temperatura fresca y una extensión de arena amarilla interminable, además de un entorno impoluto.

Idoia se levantó y puso la cafetera portátil junto con su hornilla para cocinar el pan. En esa misma se cocinarían la pasta y unas verduras frescas que tenían en bolsas recicladas que habían comprado a un agricultor en un puesto de calle.

Llegaron las 14:20 h y todos estaban pegándose un chapuzón en el mar, y entre esas, juegos de pistolas de agua, empujones, hacer la torre de persona, sin más demora, Idoia y Megan prepararon las verduras y cocinaron un calabacín a la plancha y una tortilla francesa. Los demás ponían las sillas y algunas mesas portátiles para acomodarse a la hora de comer. Roberto se encargó junto a Tim de hacer mojitos para dejarlos en la nevera portátil y que estuviesen fríos, por si alguien, por la tarde, quería consumirlos.

Tras comer, se pusieron cómodos y algunos se echaron la siesta sobre la arena, otros, en el sofá-cama, y los que se quedaron despiertos (Idoia, Auxi, Lara, Andreu, Mery y Jack) jugaron a *Código secreto* durante horas, hasta llegar a diez partidas, y se tomaron unas bebidas refrescantes. Eso es la vida: disfrute, paz y reuniones entre amigos. Una vez terminaron y los demás se iban acercando a la mesa tras la siesta, Idoia hacía de cupido con Mery y Jack, ya que veía que alguna vibra existía entre ellos. Esa tarde no consiguieron nada más que se acercaran a solas a la orilla del mar de modo prudente, con miradas que aunaban esa chispa o conexión. Empezaron a jugar ambos con el agua y rompieron el hielo. Por suerte, aún quedaban cuatro días más para ir conociéndose.

Llegó la noche e hicieron juegos de carrera de sacos en la arena y jugaron al voley playa en rondos.

Eran las cuatro y media de la mañana, luna llena, y estaban todos los componentes del grupo charlando y bromeando sentados en *semifowler* en hamacas, y otros semitumbados en la toalla que estaba sobre la arena, ya templada del calor durante el día.

Había sucedido algo: un amor de verano. Aquello a Idoia le hizo recordar y mirarse ahora y cómo era cuando encontró su primer flechazo, precisamente en verano. Bonito verano, cuando los cuerpos se desnudan o visten ligeramente con escasa tela para combatir el calor y, a la vez, atrae a otros seres que también están dispuestos a amar.

Regresaron a la Voyager, que estaba a un kilómetro de distancia de donde ellos fueron a parar. Todos cayeron a los pocos segundos de acomodarse y se durmieron en las literas y sofás-camas.

A la mañana siguiente, se escuchaba la canción de *Firework* mientras Idoia calentaba los cafés de sus compis. Después, preparó los bocatas para partir en cuanto antes para la ciudad almeriense y visitar la alcazaba y El Cable Inglés.

Aparcaron la Voyager debajo de un viejo puente por el que no circulaba nadie y estaba a 20 minutos del casco antiguo, donde se encontraba la alcazaba. Jack y Sandra iban coqueteando mientras caminaban, y el grupo, consciente de lo que estaba pasando, se alejó un poco para que fluyera esa conexión. Mientras, el resto se fotografiaba delante de la catedral posando de distintas formas; por casualidad, pasó así. Se rieron todos al ver la foto, que, en este caso, se la hizo un turista francés que caminaba por esa zona.

—Somos un caso —dijo Lara, mientras que Idoia se fijaba en su cara de gruñona, con sus labios enviando besos y su cadera derecha sacada hacia fuera.

—Sí que lo somos, ja, ja, ja.

Cuando llegaron a la enorme alcazaba, apenas faltaban cinco minutos para que empezara la visita, pero ya había mucha gente en la cola.

Mientras todo el grupo iba caminando, cada vez más se alejaba de la ciudad a una altura más elevada. Desde la cima, se veía la gran mayoría de las playas. Unas vistas para enmarcar; pocos minutos después, eso hizo Idoia, esta vez, con nuevos integrantes en el grupo. Tras la visita de casi cuatro horas con paradas y un buen disfrute, salieron de la alcazaba hacia una taberna, donde buscaban asados de carne. Idoia pidió cervezas para todo el mundo, salvo para los más menores; ellos se pidieron una Coca-Cola cero cero.

—¡Uuum, qué rico! —exclamaron los primos de Idoia y Paola.

—Sí, está muy rico y jugoso —añadió Andreu mientras compartía un bocado con Susan, su pareja.

El camarero, que atendió atentamente las mesas con forma de barriles, se acercó y preguntó:

—¿Cómo va todo? ¿Todo bien?

—Sí, muchas gracias, todo *okey* —respondió Idoia mientras los demás, a la vez, asentían con la cabeza y con una sonrisa de oreja a oreja.

—*Perfect!*

Siguieron degustando ese costillar asado con las birras, que tan bien acompañaban. Con un clima de 30 °C, estaban debajo de una sombrilla y parte de un toldo verde y blanco, a modo circular, que ponía el nombre de la taberna: Taberna de Nico.

Tras un buen almuerzo, para el postre se pidieron un té moruno y algunas infusiones. Esto los ayudaría a tener una mejor digestión.

Después de estar reposando mientras se tomaban el postre, el grupo retomó para visitar El Cable Inglés, conocido como el muelle El Alquife, que fue construido por una empresa escocesa. Es un cargadero de mineral situado en esa ciudad que antiguamente utilizaban y lo transportaban a los trenes. Fue una visita de no más de dos horas, así que, cuando salieron, pudieron disfrutar ese día de las aguas cristalinas y frías de la playa, donde aprovecharon para darse unos baños. Estaban cerca de la furgoneta camperizada, a cinco minutos, y tenía toda la pinta de que se quedaban en la ciudad.

Era el tercer día en tierra almeriense. Paseaba el grupo completo por las calles de adoquines de la ciudad. Parecía un grupo musical famoso. La gente observaba sus pasos y hacia dónde irían, pero… ellos miraban y se fijaban en cualquier rinconcito de la ciudad. En una columna, justo al lado, se sentaron en unos bancos para tomarse sus bocatas. Idoia se fijó en que había un concierto de Extremoduro y, alucinando, le hizo una foto para guardarla y esa misma noche acudir al concierto. Tenía que ser una auténtica pasada. Siguió comiéndose el bocata mientras hablaban del grupo, y es que sería la primera vez que el grupo tocaría en la ciudad; estaba de gira andaluza.

—La noche promete —dijo Idoia abrazando a su esposo.

—Vamos a darlo todo, ¡yujuuu! —Se subió de decibelios Auxi al terminar el bocata y su último trago de café.

—¡Vamos!

De un salto, abrazó Idoia a Auxi y, entre risas, casi se produce una caída. Dejaron al grupo anonadado.

Esa noche asistieron al concierto de Extremoduro tras una larga siesta que se echaron en la Voyager, pues la noche prometía, como decía Idoia, y debían estar los cuerpos a tope. Esta oportunidad de *rock* no se veía todos los días.

Eran las 00:00 h cuando empezó a aparecer un cielo con destellos de colores que, sin ruido, embellecía todo aquel recinto, donde Idoia movía, con los brazos arriba, todo el esqueleto; mientras, Roberto servía los botellines de *gintonic*, de esos que tenían guardados en la Voyager, a su amigo Álvaro. Siguieron bailando mientras se escuchaba la canción favorita de Roberto y Tim: *La vereda de la puerta de atrás*.

Por otro lado, se besaban Paola y Jose como si no hubiese un mañana. Mery y Jack bailaban al son del ritmo de esa música inquietante y vibrante. Sandra y Fernando se besaban cuando, poco antes, este le ponía un collar de un trébol. Todos bailaban casi en primera fila.

Para la hora de picotear o llenarse el estómago, fueron a una caseta y se pidieron perritos calientes; otros, papas asadas con verduras y remolacha. Estaba muy rico, además de que estaban hambrientos.

Eran las 09:00 h y ya estaba la multitud dejando aquel recinto: unas 15 000 personas habían asistido al concierto.

Poco después, se fueron a desayunar y a acomodarse en la furgoneta de Idoia. Aunque no tuviera ni dos servicios y un escaso baño, ahí hacían el avío.

Era el último día que iban a estar en Roquetas de Mar. Regresaron desde la ciudad hasta ese pueblo. Estando en una explanada, vieron a un grupo de escaladores. A Idoia le llamó la atención; los chicos invitaron al grupo. Se acercaron con ganas Idoia y Auxi. Tenía que ser una sensación flipante eso de verse a no sé cuántos metros del suelo. Pasaron la tarde aprendiendo. Tras conocer los pasos, Idoia se animó y escaló 20 metros de roca caliza.

—¡Guau, qué chulooo todo!

A Idoia le encantó esa experiencia; Auxi escaló un poco más de 20 metros de altura. También alucinó con el deporte, arriesgado y tan bonito.

Los demás se iban acercando al lugar donde escalaban, pero no se atrevieron a practicarlo, aunque sí que apoyaban y animaban a los valientes.

Eran las 20:30 h cuando decidieron partir para la ciudad malagueña.

—Vamos, mi bicha —se refirió Roberto a la furgoneta camperizada Voyager. Mientras iban subiendo y acomodándose, Idoia hablaba con Roberto haciendo bromas; este conducía y su esposa iba de copiloto.

19. CAMINO A CASA

Iban de camino a la ciudad por la A-7. Aparcaron frente a un bar-restaurante de carretera para descansar y refrescarse. Algunos decidieron entrar en el local y otros decidieron quedarse en la furgoneta tomando sus refrescos; era el caso de Idoia, Roberto, Auxi, Víctor, Mery, Jack, Sandra y Fernando.

Aprovecharon ese parón y acompañaron los refrescos con un parchís por parejas. Idoia cogió su color preferido, el azul; Auxi cogió el verde; Mery cogió el amarillo, un color muy llamativo para ella; y el rojo lo cogió Sandra, la prima de Idoia.

Los demás hablaban con un grupo de irlandeses que habían llegado a Almería, El Ejido, tras visitar Motril.

—Nosotros vamos en sentido opuesto al de ustedes, hacia Motril, Granada, en una camperizada estupenda, reformada.

—*By the way my name is Bea, nice to meet you* —le dijo a Megan—. *Thank you very much for directing and advising us.*

—*Thank you very much, nice to meet you* —respondió Megan, que hablaba un inglés más fluido, ya que tenía raíces de Inglaterra; vivió durante seis años en tierra londinenses.

—*Bye, bye!*

—*Byeee, family, good day.* —Sonrieron Megan y Bea.

Empezaron a tararear la canción al tiempo que cruzaban a 110 km/h por la costa de Almería. Qué bonita las playas por Aguadulce.

Tras esa conversación de casi tres minutos, fueron para la furgoneta, donde ya se escuchaba pitar; estaban los demás esperando para partir de nuevo a Motril y pasar por toda la costa andaluza. Idoia fue esta vez la que arrancó la Voyager. Mientras, su esposo ponía música *pop*.

Veían a 200 metros el cartel del pueblo antes mencionado. Se desviaron por la bifurcación y dejaron el pueblo de Adra, dirección Almuñécar, localidad de Granada. Qué bonita la ciudad mora.

Pararon en Almuñécar para después seguir todo el trayecto hasta llegar a Málaga. Desde la ciudad se veían las playas y, al otro lado, aquella se presentaba muy ordenada y limpia. Almorzaban unas raciones para compartir de filetes de pollo, ensalada mixta y croquetas de cocido del puchero, como se suele decir en Andalucía. Disfrutaron de un paseo corto por el parque de aquella zona con las palomas. Idoia les echaba migas de pan y en cero coma ya estaba rodeada de siete palomas que devoraban los restos. Roberto le hizo una foto espectacular de manera espontánea.

Se fue de nuevo hacia la furgoneta rápidamente porque empezó a caer una tormenta de granizo espectacular y sin previo aviso. Se pusieron un poco empapados, pero la cámara de fotos corrió serio peligro.

Idoia pisó el acelerador para hacerla rotonda sentido Almuñécar-Nerja. Se visualizaban unas nubarrones tremendos con relámpagos allá por el horizonte. A la vez, la Voyager sonaba a todo volumen; acomodados, veían la lluvia caer. Andreu, Álvaro y Jose fotografiaban las lejanas descargas eléctricas para hacer un reportaje del viaje cuando volviesen.

Iban llegando a Nerja, tierras malagueñas.

—¡Yuju! —Idoia tocaba el claxon de la furgoneta como celebración mientras todo el grupo cantaba una canción de One Direction.

El viaje iba acabando y la vuelta a la rutina era cuestión de escasas horas. Tan solo 30 minutos para llegar a la ciudad de Málaga. Se despidieron en El Corte Inglés del centro de Málaga mientras Idoia acompañaba a Roberto a su casa.

—Hasta mañana, amor. —Se despidieron con un beso.

Idoia llegó a casa muy cansada; los viajes son agotadores. Se fue a la ducha mientras escuchaba Estopa. Se puso con sus padres a contarles todo el viaje mientras preparaban la cena, aunque Idoia solo se comió un yogur de muesli. Toby comía otro yogur que Idoia le dio con cariño; esta reía al ver a su mascota rebañar el envoltorio del yogur.

—¡Impoluto! —dijo Martino riéndose.

Se despidieron con un abrazo y un beso.

—Hasta mañana, papis.

Idoia y Toby se fueron al cuarto. Esta escribía la organización del día siguiente; mientras tanto, Toby estaba tumbado en su iglú lamiendo un peluche.

«¡Martes 14! ¡Uy, casi es 13…!», pensó Idoia al mirar el almanaque.

Sin más, cogió el bolso y empezó a recoger todo lo que quedaba de sus estudios para prepararlo y cambiarlo de lugar. Se puso después con el armario: cogió ropa de verano y vestimentas finas, ropa de deporte, ropa de interior, todo tipo de calzados y los metió poco a poco en la maleta.

Idoia sentía ese gusanillo en el estómago mientras miraba a Toby. Tras unos segundos, lo besó y lo abrazó.

Tras cargar todo lo necesario, empezó a colocar los paquetes y bolsos en el Seat Ibiza que le dio su madre para trasladarse a su casa. Ya legalmente era suya y de Roberto. Toby también iba montado en el asiento trasero, encima de una jarapa.

Roberto identificó los pitidos desde la ventana de la cocina; estaba preparando la comida para el almuerzo. Este salió a recibirla a la entrada y la ayudó a subir todas sus pertenencias.

Tras un montón de viajes para arriba y para abajo, Idoia lanzó un suspiro que le salió del alma. Se tumbó en el sofá del salón durante unos minutos.

—¿Quieres algo de beber? —le preguntó su esposo.

—No; bueno, sí, un vaso de agua.

—Creí que me ibas a pedir…

—No, déjate, que estoy muerta

—¿Cansada? Pues yo te noto el pulso, y tus ojos parpadean… —Roberto se mofaba mientras le acariciaba la espalda.

—Estoy cans… —Este la interrumpió y la besó y…

Al cabo de un rato, Idoia se marchó de nuevo a casa de sus padres para recoger más detalles y artículos suyos como la orla, pulseras, collares, etc. Allí estaban sus padres, que habían llegado de comprar del supermercado.

—Ten cuidado, hija. —Se besaron y se fundieron en un abrazo como Dios manda.

—Papis, el domingo, que descansamos Roberto y yo, vamos a hacer comida para todos vosotros y nuestros amigos.

—Allí estaremos, pequeña, culo inquieto. —Hacía mucho tiempo que su madre no le decía así. Se despidieron con mucho trabajo, pues Idoia dormiría por primera vez en casa de su esposo. Al día siguiente, tenía que trabajar y volver tras esas vacaciones por las tierras almerienses.

Idoia tuvo un primer día de trabajo bastante intenso: tres pacientes de urgencias con paradas cardiorrespiratorias, dos pacientes con arritmias graves, 55 pacientes de revisión médica… Acabó rendida cuando se montó en el coche tras la jornada laboral.

Se decía: «Maldito estrés, ¿qué vida harán para tener tantas prisas?...».

Idoia arrancó y, antes de ponerse en marcha, le envió un SMS a su esposo avisándolo de que iba para casa. Una vez allí, besó a Toby, que lo esperaba con ansia y ganas de lamerle la cara; Idoia se dejó, tan permisiva siempre con él.

Pasaron los días de trabajo y de cambios y llegó el día más esperado. Fiesta de bienvenida a casa. Acudieron vecinos de la zona, los padres de Roberto, de Idoia, los amigos y amigas, las primas, que aún estaban de vacaciones juntos con sus padres (los tíos de Idoia). Acudieron también antiguos profesores que eran amigos y amigas de Idoia, compañeras de trabajo... Unas sesenta personas se personaron en casa de Roberto e Idoia para celebrar su nueva etapa. Idoia y Samuel cantaban sus canciones aprendidas de distintos géneros: *pop, pop-rock*...

Estaba todo montado en aperitivos: tortillas de patatas en brochetas, platitos de queso, jamón, gambas al pilpil, aceitunas aloreñas, filetes empanados, rollitos de primavera y picadillo de tomate con orégano. La bebida se ofrecía en lo alto de un parador: cervezas con y sin alcohol, Coca-Cola, Fanta de naranja, tinto de verano... Una fiesta controlada, donde alucinaron con el entorno de la casa de ambos. Era muy acogedora y espaciosa.

Al final de la fiesta, todos aupaban y manteaban a Idoia y a Roberto. Ahí empezaron las dedicatorias de sus amigas, amigos y familiares.

Todo acabó con un sinfín de novedades, con unos objetivos cumplidos y, ante todo, con una felicidad y entereza encomiables.

Dedicatoria

La familia, a veces, no tiene por qué ser de sangre. Solo basta con mirarnos a los ojos, darnos las manos y abrazarnos, abrazarnos fuerte, como si no hubiese un mañana.

—¿Nos da miedo? —preguntó Idoia entre lágrimas. Fijó su mirada en sus padres, pasando por todo ellos, incluso por Toby, hasta llegar a su amado esposo.

Os he hablado mucho del querer y del amor, y con estas dos palabritas mágicas haremos grandes cosas.

La historia, como en este caso, acaba bien, pero no siempre es así. La cuestión es ir. Y tú, ¿adónde vas?

Siguieron conviviendo durante años, felices y sin comer perdices.

Una familia grandota y hermosa.

Agradecimientos

Me gustaría ser breve, pero creo que aquí debo ser lo más transparente y valiente posible y no dejarme detalles atrás.

Miles de gracias a todos los lectores que hacéis de esto una vida más viva, intensa, única e irrepetible, por esa entrega y por esa devoción para impregnaros de historias y empaparos del buen disfrute. Porque la vida es eso.

Quiero agradecer a toda mi familia. En especial y en primer lugar, a mi hermano, mi cuñada y a mis padres. Por vuestro amor.

También quiero agradecer a todos mis amigos y amigas, que no son pocos los que me han ayudado en este proyecto en el ámbito personal, tanto directa como indirectamente. Por vuestro beso y abrazo.

Por otro lado, agradezco al pueblo de Ardales, ¡mi pueblo!, donde me he criado y he crecido. Gracias a ellos, soy parte de esa raíz inefable. Por vuestra entrega y solidaridad.

Finalmente, agradezco a la editorial Círculo Rojo por hacerme posible y más ameno este camino que desde hace años quería realizar. Gracias por su paciencia y entrega. En especial, a María del Mar, por ser increíble.

Índice

Prólogo 9

1. LINDA LÍNEA 11

2. REMINISCENCIA 19

3. ESENCIAL 25

4. CAMBIO DE AIRES 31

5. SÍGUEME SI LO DESEAS 39

6. CRÉEME, TE AMO 47

7. FUEGOS ARTIFICIALES 57

8. PRINCESAS Y PRÍNCIPES 67

9. EL VIAJE 75

10. ALGO INMENSO 81

11. NO PIDO TANTO 91

12. EL ANILLO PARA CUÁNDO 101

13. ESTRELLAS O ESTRELLADAS 109

14. EL BAILE 117

15. CULTO PROVERBIO 127

16. PUNTO Y APARTE 135

17. UN MANJAR 143

18. HASTA PRONTO 151

19. CAMINO A CASA 161

Dedicatoria 167

Agradecimientos 169